图书在版编目（CIP）数据

豪放词 / 徐喜平注析. --西安：三秦出版社，2017.9（2018.3重印）
（中华经典国学口袋书 / 徐喜平主编）
ISBN 978-7-5518-1556-7

Ⅰ. ①豪… Ⅱ. ①徐… Ⅲ. ①豪放派－词(文学)－作品集－中国－古代 Ⅳ. ①I222.82

中国版本图书馆CIP数据核字（2017）第194014号

出 品 人　支旭仲
项目策划　匡俊英　白忠平
责　　编　何飞燕　屈秋谷
封面设计　陈　非
版式设计　高东海
内文排版　白英华

出版发行　陕西新华出版传媒集团　三秦出版社
地　　址　西安市北大街147号
电　　话　（029）87205121
网　　址　http: / / www.sqcbs.cn

规　　格　720mm × 910mm　1/32
　　　　　印张7　彩插7　字数70千字
印　　刷　西安新华印务有限公司（独家承印）
版　　次　2017年9月第1版　2018年3月第2次印刷
标准书号　ISBN 978-7-5518-1556-7
定　　价　18.00元

出版说明

中华文明源远流长，上下五千年，圣贤相继，英才辈出，他们殚精竭虑、呕心沥血，为后人留下了一部部经典作品。这些“经典”如同金砖玉瓦，构建成了一座金碧辉煌的殿堂，我们称之为“国学”。其内容宏富，博大精深，可谓是中华思想文明的浓缩，中国传统文化的精髓，是先贤遗留下的宝贵精神财富，值得好好传承和大力弘扬。越来越多的人们认识到其价值，读国学、诵经典的热潮正在蓬勃兴起，既有数字阅读的风生水起，更有坚守或者回归传统纸质阅读的蔚然成风。

读纸质书，无疑有着其他阅读方式所无法比拟的独特体验，一册在手，可以边读边做批注、写札记、勾画重点，也可以掩卷深思，细细品读。这种探究式阅读方式，有利于人们学习知识、启迪智慧、提升修养、提高境界，也有利于培养孩子们安静学习、锤炼思想、闻着书香做学问的良好习惯。

为了倡导全民阅读，特别是推进纸质阅读，营造爱书、品书氛围，同时考虑到当下人们的生活日趋丰富多彩且节奏加快，闲暇时间越来越碎片化，读书时间相对减少，我们从浩如烟海的国学经典中精心遴选了80部，并对书的内容作了适度精简，编辑出版了“中华经典国学口袋书”系列丛书，希望吸引更多的人回归传统阅读，重视国学经典。“口袋书”，顾名思义就是可以放在口袋里的书籍，其目的就是为读者奉献易于携带、便于翻阅、开卷有益的精神食粮。使他们于居家出行、茶余饭后，随时信手展读，含英咀华，增知怡情。

本丛书涵盖了经史子集、诗词曲赋、笔记信札、经典名句赏析，可谓贯通古今、包罗万象，能够最大限度满足各层面读者的阅读需求。书中既有对照古籍原文的“白话文”，又有介绍典故出处、时代背景、人物事迹等辅助阅读的“注释”，还配以帮助读者理解和提高的“赏析”。使对国学造诣程度各异的读者都可以做到读通、读懂，真正做到了老少皆宜、雅俗共赏。

这套书不仅在内容上编排严谨、注解精当；在外观上也充分彰显书籍之美，版式新颖，设计考究、印装精美，必定会成为您工作生活中的良师益友，带给您全新的阅读感受。

前　言

豪放词是指以苏轼和辛弃疾等爱国词人为代表的词派。以“豪放”论词，始于苏轼。真正确立豪放词风并对词史产生深远影响的是辛弃疾。他的词皆境界壮阔，气势飞动，力度非凡，充满豪迈激情，一洗晚唐五代以来绮靡柔弱的词风，给宋代词坛带来一股刚健雄风和阳刚之气。

豪放词在题材上，多写时事，议时政，写国家兴衰、民族存亡、历史更替，或描写雄奇阔大的景物，或登临怀古、咏史伤今。它突破了男欢女爱、离愁别恨、留连光景、伤春悲秋等婉约词常表现的题材的限制。豪放词的主题常常是抒发远大的政治理想和乐观豪迈、积极向上的精神，评论时政利弊、历史功过，表达远见卓识；反对侵略，反对投降，维护民族尊严；或表现壮志难酬、报国无门的悲愤，或抒发对雄奇壮美的大自然的赞叹，反映时代的风云变化，是时代的主旋律、最强音。在抒情方式上，豪放词多直抒胸臆，强烈感情直泻而下，一吐为快。在语言上，豪放词善于以诗入词、以文入词，提高了词的品位，丰富了词的表现力。

把词分为婉约词与豪放词两种词分，只是大体上的区分，并不是绝对的。“哀声而歌乐词，乐声而歌怨词”（宋朝沈括《梦溪笔谈》），即是说用婉约的词调写豪放的感情，用豪放的词写婉约的情感。还有的是二者杂柔，柔情与壮烈交织，因此要从如此精美浩瀚的文化遗产中选出仅仅不到两百首来供大家欣赏，并非一件容易的事。没有入选的作品实在太多太多，但囿于篇幅，我们只能忍痛割爱，在此祈请大家谅解。

目　录

杨炎正

戴复古

岳　珂

葛长庚

刘克庄

生 查 子

敦煌曲子词

三尺龙泉剑[1]，匣里无人见。一张落雁弓[2]，百支金花箭。　为国竭忠贞，苦处曾征战。未望立功勋，后见君王面。

【注释】

〔1〕龙泉剑：宝剑名。《晋书·张华传》载：张华见斗、牛二星间有紫气，因使人在丰城（今属江西）掘地得双剑，一名“龙泉”，一名“太阿”。

〔2〕落雁弓：指良弓。语出《国语·魏语》：“更一羸侍魏王，见一雁过，曰：‘臣能遥弓而落雁。’乃弯弓向雁，雁即落。”

【赏析】

敦煌曲子词是二十世纪初在甘肃敦煌莫高窟发现并经过整理刻印的敦煌写本歌辞，其中绝大部分为民间作品，语言晓畅明白，风格清新质朴。这首词表现了守边将军不畏艰苦，忠心报国的豪情壮志。匣藏宝剑，身佩弓箭，驰

骋边疆，为国效力，建功立业，期望得到君王的召见。整首词充溢着深厚的爱国主义情感，具有强烈的艺术感染力。

忆 秦 娥

李 白

箫声咽，秦娥梦断秦楼月〔1〕。秦楼月，年年柳色，灞陵伤别〔2〕。　乐游原上清秋节〔3〕，咸阳古道音尘绝。音尘绝〔4〕，西风残照，汉家陵阙〔5〕。

【注释】

〔1〕秦娥：泛指长安美丽的女子。

〔2〕灞陵：汉文帝刘恒的陵墓，附近有灞桥，古时人们常在此折柳送别。

〔3〕乐游原：唐代游览胜地，今西安市南。清秋节：农历九月九日重阳节。

〔4〕音尘：这里借指信息、音信。

〔5〕汉家陵阙：汉代帝王的陵墓。

【赏析】

忆秦娥既是词牌名又是题目。此曲上片写伤别：凄清夜空，箫声幽咽，月色朦胧，心中惆怅。梦中之情，眼前之景，更不堪忆当年灞陵离别！本写思妇念远，作者又转笔，将个人的离情别绪，进而过渡为感慨人所共有的伤古与怀今，主题得以深化，境界得以开阔。下片写怀古：乐游原清秋的热闹，咸阳古道的冷落，形成鲜明的对比，末句八字将悲欢盛衰，古今聚散都放置到了沉重的历史长河中去进行衡量，悲壮境界全出。全词词句清丽，意境深远博大，道尽伤今怀古之豪情，为千古之绝唱。

结 袜 子

李 白

燕南壮士吴门豪〔1〕，筑中置铅鱼隐刀〔2〕。感君恩重许君命，泰山一掷轻鸿毛〔3〕。

【注释】

〔1〕燕南壮士：战国时燕人高渐离。吴门豪：春秋时吴人专诸。

〔2〕筑中置铅：高渐离善击筑（一种乐器），与荆轲友善。荆轲刺秦失败被杀身亡，高渐离改名换姓，为人佣保。秦王弄瞎他的眼睛，让他为自己击筑。高渐离便暗将铅块藏于筑中，举筑乘机向秦王扑去，可惜没有击中，被秦王杀死。鱼隐刀：吴公子光（阖闾）蓄谋

篡夺吴王僚的王位，让武士专诸，在一次筵席上，将匕首藏入鱼腹，献给吴王僚，乘机杀死吴王，专诸亦为卫士所杀，阖闾遂自立为吴王。

〔3〕泰山一掷轻鸿毛：司马迁《报任安书》：“人固有一死，或重于泰山，或轻于鸿毛。”此用其意。

【赏析】

本词只有短短四句，但观点明确，慷慨激昂。前两句列举了古代两位有名的刺客高渐离、专诸的事迹，然后赞扬了他们的豪壮义气：为了报答知遇之恩，而献出了自己宝贵的生命。第四句阐明了这些壮士，也是作者自己的生死观，借用司马迁的话，表明士为知己而死，死得其所。本词不一定为李白所作，姑存备考。

渔歌子

张志和

西塞山前白鹭飞〔1〕，桃花流水鳜鱼肥〔2〕。青箬笠〔3〕，绿蓑衣，斜风细雨不须归。

【注释】

〔1〕西塞山：今浙江湖州市西。

〔2〕鳜鱼：即桂鱼。

〔3〕箬笠：用箬竹叶制作的斗笠。

【赏析】

青山、绿水、桃花、桂鱼和江湖渔父，好一幅美丽的江南渔歌图！这也正是作者生活的真实写照。他曾因获罪遭贬而归隐太湖，自号“烟波钓徒”，每日沉浸于垂钓之中，但“每垂钓，不设饵，志不在鱼也”，只是在自然中寻求慰藉并陶醉其中。开篇两句融情于景，自然风景生动活泼，色彩鲜亮。而后渔父形象的介入为之添彩，人情味渐浓。末句“斜风细雨不须归”寓意深刻，委婉表达作者避世以自得的生活愿望，成为全篇的主旨。本词境界高远，格调清新，韵律和畅，情思淡泊，为豪放之佳作。

浪淘沙

刘禹锡

九曲黄河万里沙〔1〕，浪淘风簸自天涯，如今直上银河去〔2〕，同到牵牛织女家。

【注释】

〔1〕九曲黄河：据说黄河有九曲十八弯，此非实指，极言其多也。以后人们常称黄河为“九曲黄河”。

〔2〕直上银河去：据《荆楚岁时记》载，汉武帝曾派张骞出使大夏国，寻找黄河源头，乘槎（木筏）一月有余，直到银河，见到了牵牛、织女。

【赏析】

落笔先写九曲黄河，挟带大量泥沙滚滚而来，汹涌澎湃的涛天巨浪，都是来自遥远的天边。前两句破题，点明“浪淘沙”。再用“自天涯”三字过渡，激起人们的想象。接着用张骞寻找黄河源头遇牛郎织女的故事，从黄河写到银河，从人间写到天上。牛郎织女生活的天河恬静美好，黄河边的淘金者却在艰难生活，表达了作者对宁静生活的向往。本词想象丰富，构思奇特，比喻巧妙，含意深刻，气魄宏大。

浪淘沙

刘禹锡

八月涛声吼地来〔1〕，头高数丈触山回〔2〕。须臾却入海门去，卷起沙堆似雪堆。

【注释】

〔1〕八月涛声：指钱塘江大潮。

〔2〕触山回：波浪碰着了高山，又折了回来。山，指钱塘江口两岸的龛（kān）山、赭山。

【赏析】

这是一首描写钱塘江大潮的短歌。落笔不凡，以一“吼”字极为生动形象地描写了钱塘江大潮到来的咆哮之势，然后词人便推出了一个惊心动魄的特写境头：钱塘江潮头凌空而起，高达数丈，雄奇壮观，令人叹为观止。开篇起点较高，三四句必须缓缓落下，否则难以为继，所以用“须臾却入海门去”进行转折，片刻间，潮退水落，风平浪静，只留下雪白的沙滩。词人以景喻理，暗示人间事物瞬息万变。

本篇不事雕琢，流走飞动，气象万千，气势恢宏，具有豪放词之特色。

忆江南

白居易

江南好，风景旧曾谙[1]。日出江花红胜火，春来江水绿如蓝[2]。能不忆江南？

【注释】

〔1〕旧曾谙（ān）：从前很熟悉。

〔2〕蓝：可制蓝色染料的一种草。

【赏析】

白居易青年时期就曾漫游江南。旅居苏杭，后来任杭州、苏州刺史，风景秀丽的江南风光给他留下了美好的印象，终生难忘，于是写下了《忆江南》三首。此是第一首。

此首写春景，先写江南的总体印象。一上来便赞道："江南好！"紧接着说明这种印象是自己亲

身经历所得，并非道听途说，增加了这种赞美的可信程度。以下二句转入对江南风景的具体描绘：“日出江花红胜火，春来江水绿如蓝。”春天来临，百花开放，春水粼粼，在阳光的照射下，江边的鲜花如火如荼，浩浩荡荡的江水澄碧湛蓝，交织成一幅美丽壮观的图画，色彩绚丽，耀人眼目，发人联想。最后用一句“能不忆江南？”表达了作者对于江南由衷的喜爱之情。

杨 白 花〔1〕

柳宗元

杨白花，风吹渡江水〔2〕。坐令宫树无颜色〔3〕，摇荡春光千万里。茫茫晓日下长秋〔4〕，哀歌未断城鸦起。

【注释】

〔1〕杨白花：乐府杂曲歌辞名。北魏胡太后，爱上一位勇武强壮、容貌瑰伟的年轻将军杨白花，逼他私通。事后杨白花惧祸，带领部队投奔了南方的梁朝，改名杨华。胡太后思念不已，便写了一首《杨白花歌》，教宫女连臂踏足歌唱，声调凄婉。

〔2〕风吹渡江水：化用胡太后歌辞中“春风一夜入闺闼，杨花飘荡落南家”。

〔3〕坐：立刻。

〔4〕长秋：长秋宫，太后居处。

【赏析】

这首词是摹拟北魏胡太后《杨白花歌》而作。起首“杨白花”三字一语双关，既是胡太后情人之名，又说明时间正是杨树的白色花朵飘坠的季节，这是一声深情的呼唤。“风吹”句，写杨白花被无情的风吹到江那边去了。这两句表现了胡太后对情人深深的思念和对无情的“风”深深的怨恨。“坐令”二句，自从他走了之后，宫中的千树万花，立刻都黯然失色，那美好的春光都随他一起消失在千万里之外了。“茫茫”两句，言“我只能独自守在那孤寂的长秋宫中，无情无趣地打发日子，唱着我的哀歌，从清晨直到暮鸦飞归”。

封建社会的女子，尽管她地位尊贵，如果一旦有了私情，就为礼法所不容，为世人所不齿，以至情人惧祸远走他方。作者显然把同情心倾注在她的身上，并代她立言，这首词就是为她抒发了爱情的失望、痛苦和悲哀。情真意长，凄婉动人。柳词基本上保持了胡太后原作的风格，直率、大胆、执著，运用比喻和寄托的修辞手法，动人心扉，余音袅袅。

江　南　春

杜　牧

千里莺啼绿映红，水村山郭酒旗风。
南朝四百八十寺，多少楼台烟雨中。

【赏析】

这首词，可以说是词中的小品，常被誉为“尺幅千里”之作。开头二句，如同电影镜头迅速移动，掠过春色笼罩的千里江南。在读者面前展现了一幅江南春景的长卷，笔触生动，色彩鲜明，使读者仿佛置身于无边的春色之中，处处柳绿花红，莺歌燕舞。临水有村庄，依山有城廓，酒旗在望，迎风招展，使人心旷神怡。特别是“千里”二字，高度地概括了江南春景，把铺展于江南大地上的千里繁丽锦秀凝练概括在尺幅之中。这两句，红绿对衬，山水并举，村庄城廓映照，动静互相搭配，使人眼花缭乱，应接不暇，言少意多，读之如饮醇酒，其味无穷。这是江南的晴朗天气，如遇天雨，江南景色更加使人着迷。“南朝”二句，又把镜头转向金碧辉煌、壮丽宏伟的佛寺。庄严的佛寺，笼罩在迷濛的烟雨之中。“南朝”二字，给画面增加了悠远的历史色彩，感觉深邃，再用“四百八十寺”，强调数量之多，也使画面的包容量更大更广。最后以“多少楼台烟雨中”的感叹，使这些寺庙的崇楼峻阁，若隐若现地矗立在朦胧的烟雨之中，更增添无限风光。

全词仅二十八字，既写了江南春景的丰富多彩，也写出了它的广阔迷离和深邃。词人从大处落笔，视野开阔，大气旋转，词风豪迈。

清　平　乐

温庭筠

洛阳愁绝，杨柳花飘雪。终日行人恣攀折，桥下水流呜咽。　上马争劝离觞，南浦莺声断肠[1]。愁杀平原年少[2]，回首挥泪千行。

【注释】

〔1〕南浦莺声断肠：江淹《别赋》有句：“送君南浦，伤如之何。”南浦是地名，在福建省，这里借指送别之处。

〔2〕平原年少：出自“我本平原儿，少年事远行”，这里指远行的人。

【赏析】

这是一首送别词。上片写桥上送别，起首二句，点出送别地点是在洛阳，时间是阳春时节。“洛阳愁绝，杨柳花飘雪”，洛阳城里柳絮纷飞，如同雪花飘扬，离别给人带来了忧伤，带来了惆怅，正如这满天的飞絮。愁云笼罩在洛阳桥头，用“愁绝”二字，极写离别的伤感气氛。“终日行人”二句，古人习俗，送别要折柳相赠，取“柳”（留）之音，以示依依之情。洛阳桥头，整天都有人折柳送别，执手呜咽。桥上送别者的呜咽声和桥下流水的呜咽声交织在一起，更增加了离人的愁情。

下片承上具体写离别情景，行人上马就要起程，友人们还要争着再劝他更进一杯离别酒。挥手就要离去，忽然又听到令人断肠的莺啼，更增伤感。送别的人牵肠挂肚，举手劳劳；远行的人离愁万种，回首洒泪，双方都是那样情真意切，难分难舍。送别之情在词人笔下情致深婉，悲壮而有风骨，和其他送别之词风格迥异。词人虽为花间鼻祖，也有颇具风骨之作，本篇即为其一。

杨柳枝

温庭筠

馆娃宫外邺城西[1]，远映征帆近拂堤。系得王孙归意切，不关芳草绿萋萋。

【注释】

〔1〕馆娃宫：吴王夫差为西施修建的宫殿。

【赏析】

这是一首咏物词。起句先点杨柳生长的地方，馆娃宫和邺城的杨柳很多。“远映”句，杨柳多姿，长条依依，近看在堤岸上轻拂，远望与江中船帆相映衬，旖旎可爱。写出了杨柳的浓密茂盛和依依之状。“系得王孙”二句，推开青草，为杨柳立门户。古人见春草而思王孙，而本篇偏偏写能“系得”王孙归意的不是萋萋绿草，而是依依垂柳。内容含蓄不尽，奇意奇调，不落俗套，特别用一“系”字，使杨柳无情之物化为有情之物，顿觉全篇神采飞动。难怪古人评曰：“构语闲旷，结趣萧散，豪情自然。”

菩 萨 蛮

韦　庄

洛阳城里春光好，洛阳才子他乡老[1]。柳暗魏王堤[2]，此时心转迷。　　桃花春水渌，水上鸳鸯浴。凝恨对残晖，忆君君不知。

【注释】

〔1〕洛阳才子：作者自称。

〔2〕魏王堤：洛阳的一大盛景。

【赏析】

这是作者重忆洛阳时，写乡思的五组词中的最后一首。开篇直唤“洛阳”，思乡心切表露无疑。战乱的频繁和朝代的转换，让当时为数不少的人们流离失所。有家不得归，有亲不得认，这种漂泊的切肤之痛也让作者备受煎熬。“春光好”的具体描绘正是作者对故国和家园的美好回忆，“心转迷”又显现了他内心的矛盾和苦闷。“君”既指远方的爱人又指遥远的故国，一唱一

吟，无限深情尽在其中。全词用语直白遒劲，意境悠远，独树一帜，充分反映了作者“似直而纡，似达而郁”的特点。

喜迁莺

韦　庄

街鼓动，禁城开[1]，天上探人回[2]。风衔金榜出云来[3]，平地一声雷。　莺已迁[4]，龙已化[5]，一夜满城车马。家家楼上簇神仙，争看鹤冲天[6]。

【注释】

〔1〕禁城：代指帝王的宫殿。

〔2〕天上：朝廷。

〔3〕金榜：科举应试考中者的名单。

〔4〕莺已迁：迁居的颂词。

〔5〕龙已化：飞龙上天，比喻得志或升官。

〔6〕鹤冲天：比喻一举得中之人。

【赏析】

这首词主要书写作者进士及第后风发得意的心情。作者从年轻时开始考进士，但屡次不中，直到唐昭宗乾宁年间才得以应举。可是这时他已经

【仿唐人仕女】轴 局部 ［明］ 唐寅 中国台北故宫博物院藏 48－1

【仿唐人仕女】轴 局部 ［明］唐寅 中国台北故宫博物院藏 48-1

五十九岁了，晚年得官，怎能不欣喜若狂！所以在词中浓墨重彩地描述了发榜时的热闹场面：街鼓雷动、官门大开、车马满城、神仙簇拥。几十年的寒窗苦读终于修成正果，步入仕途，如黄莺腾飞，如化龙升天，字里行间处处透露出作者踌躇满志、飘飘欲仙的激动心情。词的想象丰富，气氛热烈，语调活泼。

乌 夜 啼

李 煜

林花谢了春红[1]，太匆匆。无奈朝来寒雨、晚来风。　　胭脂泪，留人醉，几时重。自是人生长恨、水长东。

【注释】

〔1〕林花：众多的花。

【赏析】

这首词借用落花来感叹人生。上片三句，首句叙其事，次句一断、夹议，三句追溯缘由。春天盛开的名花都匆匆凋谢了，让人联想到人世间的悲惨之事，蕴含古今，寓意深刻。下片紧承上片，写宫中令人纸醉金迷的享乐生活，好景并不长，今后也很难再和美人重逢，发出通彻心扉的呼唤，表现了作者哀痛的心情。那朝雨晚风一语双关。“自是人生长恨、水长东”一句成为千古绝唱。全词深入浅出，感情奔放，淋漓尽致，可与太白诗篇相比。

破阵子

李煜

四十年来家国，三千里地山河。凤阁龙楼连霄汉，玉树琼枝作烟萝。几曾识干戈！　一旦归为臣虏，沈腰潘鬓消磨[1]。最是仓皇辞庙日，教坊犹奏别离歌。垂泪对宫娥。

【注释】

〔1〕沈腰：南朝梁沈约老病，百余日中，腰带数移孔。代指人的消瘦。潘鬓：西晋潘岳三十二岁时，即生白发。借指人忧愁烦闷。

【赏析】

后主李煜亡国后的深哀巨痛使他成了“词中之帝”。这首即为其被俘北上后的追赋之词。上片感慨国事，追念亡国之前盛况。作者从远处着

想，大处落墨，举重若轻，语出超群。“几曾识”三字，是发自内心的真情话。下片转写被虏后之凄凉与憔悴。一旦失去故国，其生活上的痛苦、精神上的烦恼就可想而知了。末尾三句写被俘后最觉难堪的事——太庙辞别：哀乐声、悲歌声、哭声合成一片，与开篇所写的山河壮丽、宫苑富丽的皇家气派形成鲜明的对照。背景广阔，气象宏大，气势跌宕，感慨深切，自然真率，感人至深。

阳 关 引

寇 准

塞草烟光阔[1]，渭水波声咽。春朝雨霁轻尘歇。征鞍发。指青青杨柳，又是轻攀折。动黯然，知有后会甚时节。　更尽一杯酒，歌一阕[2]。叹人生，最好难欢聚易离别。且莫辞沉醉，听取阳关彻。念故人，千里自此共明月。

【注释】

〔1〕烟光：指辽远迷蒙的景色。

〔2〕阕：此指歌曲。

【赏析】

送别是词中最常见的题材。词中离情别绪味虽浓，反映更多的却是开朗广阔的胸襟，豁达大度的态度。“念故人，千里自此共明月”，既表达了他和友人心有灵犀的深厚情谊，更道明了两人今后联系的方式方法，听来让人多了几分慰藉，几分欢欣。该词成功地化用了王维的诗，然而词意在原诗基础上的更深开掘，词的境界也更深开拓。既包含了王勃诗“海内存知己，天涯若比邻”所表述的宽广胸怀，又涵盖了苏轼词“但愿人长久，千里共婵娟”所表示的美好愿望。

传　花　枝

柳　永

平生自负，风流才调。口儿里、道知张陈赵〔1〕。唱新词，改难令〔2〕，总知颠倒。解刷扮〔3〕，能唓嗽〔4〕，表里都峭〔5〕。每遇著、饮席歌筵，人人尽道。可惜许老了。

阎罗大伯曾教来[6]，道人生、但不须烦恼。遇良辰，当美景，追欢买笑。剩活取百十年[7]，只恁厮好[8]。若限满[9]、鬼使来追，待倩个[10]、掩通著到[11]。

【注释】

〔1〕道：指“拆白道字”，是宋元时盛行的一种用拆字法说话表意的文字游戏。

〔2〕令：指曲调。

〔3〕刷扮：涂刷、打扮。犹今之修饰打扮。古代男性修整仪容发鬓髭须皆有梳刷涂抹的办法，故言刷。

〔4〕呠（pēn）嗽：即喷嗽。指吐出和吸入，语出《西京杂记》，是谈养生的术语。宋人盛行修炼延年之方，呠嗽是其中主要功夫之一，实际上就是今天所说的气功。

〔5〕峭：峻峭，陡直。

〔6〕阎罗：即阎罗王，佛书中管地狱之主。

〔7〕剩（shèng）：尽，多。

〔8〕恁（nèn）：这样。

〔9〕限：大限。指人生寿命的期限。

〔10〕倩（qiàn）：请求别人做事叫“倩”。

〔11〕掩通著到：掩，捕。此指捕者。通，到达。这句话意为捕捉时应当到达。

【赏析】

柳永精于音律，善为歌词，因而被召入禁中。但由于他不善阿谀，这些创作反而造成了他仕途的坎坷。

词的上片写浪子生涯的自得情怀。落笔“平生自负，风流才调”，写他一贯就为自己的英俊杰出又倜傥不羁的才调而自恃、自赞、自赏。八字一字一顿，分量极重，无异是叛逆的宣言，定下了全词的基调。下片紧承上片，公然站在对立面上，向世俗挑战。“阎罗大伯曾教来”，突兀而来，是文章的陡转。宋人敬畏阎罗，柳永称阎罗为大伯，诙谐之中含有蔑视一切的无畏。此句领起下片，接着便倾倒出阎罗的教诲和对他的鼓励。

这首词以狂放的笔调，表明自己对人生的看法，起句高亢，铺叙酣畅，淋漓尽致，气势浑灏，乐观奔放，豪迈不羁。

满江红

柳永

暮雨初收，长川静、征帆夜落。临岛屿、蓼烟疏淡，苇风萧索。几许渔人飞短艇，尽载灯火归村落。遣行客、当此念回

程，伤漂泊。　　桐江好[1]，烟漠漠。波似染，山如削。绕严陵滩畔[2]，鹭飞鱼跃。游宦区区成底事[3]，平生况有云泉约[4]。归去来[5]、一曲仲宣吟，从军乐[6]。

【注释】

〔1〕桐江：在今浙江桐庐县北，即钱塘江中游，又名富春江。

〔2〕严陵滩：在桐江畔。

〔3〕底事：何事。

〔4〕云泉约：谓归隐山林。

〔5〕归去来：谓去官归耕，语出陶渊明《归去来兮辞》。

〔6〕“一曲”二句：仲宣，三国时王粲的字，初依荆州刘表，未被重用，后为曹操侍中，从曹操西征张鲁，作《从军行》五首，主要抒发行役之苦和思妇之情。

【赏析】

词人初仕睦州推官，心中充满抑塞无聊之感。他仕途蹭蹬，已届五十，及第已老，游宦已倦，自然产生了归隐思想。这首词就是归隐思想的流露。这种思想在柳永词中是不多见的，且中国词史上《满江红》的调名也自此词始。

词一开始，“暮雨”三句，雨歇川静，日暮舟泊，即以凄清的气氛笼罩全篇。“临岛屿”二句，写船傍岛而停，岸上蓼苇，清烟疏淡，秋风瑟瑟。景色的凄凉与词人心境的凄凉是同一的，含有无限哀情。至"几许"以下，词人笔调突然一扬，写渔人飞艇，灯火归林，一幅动态的画面呈现在眼前，日暮归家，温暖、动人的生机腾然而起，但同时又从反面引出"遣行客"、"伤漂泊"二句，渔人双桨如飞，回家团聚，而自己却远行在外，单栖独宿，怎不触动归思？于是前几句之情，与这几句之景，妙合无垠，构成了浑成的意境。

换头再以景起，上片是夜泊，下片是早行。"桐江好"六句，一气呵成，先写江山之美。美好的河山扫尽了昨夜的忧愁，桐江上空，晨雾浓密，碧波似染，峰峦如削，白鹭飞翔，鱼虾跳跃，生动美丽的景色使词人心情欢娱。从感情线索上看，这里又是一扬。但因为词人情绪总的基调是愁苦的，欢娱极为短暂，又很快进入低谷，"严陵滩"三字已埋下伏笔，这里以乐景写哀，江山美好，鱼鸟自由，渔人团聚，而自己一年到头忙些什么？四海为家，宦游羁旅，于是"游宦区区成底事"之叹自然从肺腑流出，词人得出的结论是不值得，不如及早归隐，享受大自然和家庭的天伦之乐。"云泉约"三字收缴上文，同时也启发下文，具有开合之力，所以结语痛快地说"归去来，一曲仲宣吟，从军乐"，用王粲《从军行》曲意，表明自己再不想忍受行役之苦了。

本词表现了柳永想要弃官归隐的思想，写景抒情上下贯之，因景生情，情景交融，于抑扬有致的节奏中表现出激越的情感和悲壮的情怀。这首词当时就在睦州民间广为流传，深受百姓喜爱。

望海潮

柳永

东南形胜[1]，三吴都会[2]，钱塘自古繁华[3]。烟柳画桥，风帘翠幕，参差十万人家。云树绕堤沙。怒涛卷霜雪，天堑无涯[4]。市列珠玑，户盈罗绮，竞豪奢。　重湖叠巘清嘉。有三秋桂子，十里荷花。羌管弄晴，菱歌泛夜，嬉嬉钓叟莲娃。千骑拥高牙[5]。乘醉听箫鼓，吟赏烟霞。异日图将好景，归去凤池夸[6]。

【注释】

〔1〕形胜：地势优越。

〔2〕三吴：《水经注》以吴兴、吴郡、会稽为三吴。

〔3〕钱塘：今杭州。

〔4〕天堑：天然险阻，此指钱塘江。

〔5〕千骑拥高牙：形容高官出行的仪仗。

〔6〕凤池：凤凰池，代指中书省。此指朝廷。

【赏析】

这首词是柳永从家乡崇安往汴京应试，路过杭州，拜谒世谊前辈两浙转运使孙何而作的赠献之词。

词中生动形象地描绘了钱塘江大潮的壮观、西湖景色的秀丽以及杭州的富庶繁华。采用赋体，层层铺叙，曲直疏密，流转自如，能“状难状之景，达难达之情，而出之自然”（冯煦《蒿庵论词》）。从市内到郊外，从市列、户盈到江堤、怒涛，从秋色到夏景，从湖上到山中，从容铺陈，层次分明，把杭州的内景外观、西湖的日夜阴晴写得有声有色，令人目不暇接。语言清丽，格调明快，境界阔大，融优美与壮美于一体，组成了一幅气势磅礴的杭州风情图。

《望海潮》词调首见于《乐章集》，为柳永所创新声。作为脍炙人口的名篇，这首词的影响非常广泛。据罗大经《鹤林玉露》载：“此词流播，金主亮闻歌，欣然有慕于‘三秋桂子，十里荷花’，遂起投鞭渡江之志。”把金人侵宋归因于两句词，自然不足为信，

但也从另一个侧面说明了此词的艺术性之高和影响力之大。

渔 家 傲[1]

秋 思

范仲淹

塞下秋来风景异[2]，衡阳雁去无留意[3]。四面边声连角起[4]。千嶂里[5]，长烟落日孤城闭。　浊酒一杯家万里[6]，燕然未勒归无计[7]。羌管悠悠霜满地[8]。人不寐，将军白发征夫泪。

【注释】

〔1〕渔家傲：词牌名。唐、五代未见，北宋时始见流行。

〔2〕塞下：边地的关口，这里指西北边疆。

〔3〕衡阳雁：指南归之雁。衡阳，地名，在今湖北省，相传衡阳旧城南有回雁峰，北雁南飞到此即止。

〔4〕边声：李陵《答苏武书》："边声四起。晨坐听之，不觉泪下。"这里指边境上各种令人心惊的风沙声，马鸣声，号角声。

〔5〕千嶂：指重叠连绵的山峰。

〔6〕浊酒：杜甫《登高》：“潦倒新停浊酒杯。”浊酒，古人以米酿酒，乳白色，故称之为“浊酒”。

〔7〕燕然：山名，即今蒙古人民共和国境内的杭爱山。《后汉书 · 窦融列传》记载，窦宪追击北匈奴至此，刻石记功而还。

〔8〕羌管悠悠：羌笛的声音飘忽不定。

【赏析】

范仲淹于宋仁宗康定元年（1040 年），任陕西经略副使兼延州知州（治所在今陕西延安市），守边四年。

本词上片从听觉、视觉两方面写足了边地秋天景象，“千嶂里，长烟落日孤城闭”与王维《使至塞上》诗：“大漠孤烟直，长河落日圆”意境相似而情调迥异，王诗壮阔高远，范句则寥廓荒寒。

下片抒情，表达了边地将士破敌立功的决心与思念家乡的矛盾心情，苍凉激切。“羌管悠悠霜满地”绘军中月夜之景，景中含情，极富典型意义。

此篇词境开阔，格调悲壮，作者爱国主义的英雄气概充满了字里行间，对以后的词风革新产生了积极影响，是一首难得的佳作。

苏幕遮

怀旧

范仲淹

碧云天，黄叶地，秋色连波，波上寒烟翠。山映斜阳天接水。芳草无情，更在斜阳外。　　黯乡魂[1]，追旅思[2]。夜夜除非，好梦留人睡。明月楼高休独倚，酒入愁肠，化作相思泪。

【注释】

〔1〕黯乡魂：黯，沮丧愁苦。黯乡魂指思乡之愁苦令人黯然销魂。

〔2〕追旅思：追，追缠不休。旅思，羁旅的愁思。

【赏析】

这首诗别题作《别恨》或《怀旧》，抒写作者秋天思乡怀人的感情。上片用多彩的画笔绘出绚丽、高远的秋景，意境开阔。“碧云天，黄叶地”为传诵名句。词的下片表达客思乡愁带给作者的困扰，极其缠绵婉曲。

采桑子

欧阳修

轻舟短棹西湖好[1]，绿水逶迤[2]。芳草长堤。隐隐笙歌处处随[3]。　无风水面琉璃滑[4]，不觉船移。微动涟漪。惊起沙禽掠岸飞[5]。

【注释】

〔1〕棹：划船的桨板。

〔2〕逶迤：形容绵延曲折的样子。

〔3〕笙歌：音乐演奏与歌唱的声音。

〔4〕琉璃：天然的发光宝石。此处用以形容平滑如镜的水面。

〔5〕沙禽：沙滩上的水鸟。

【赏析】

欧阳修早年曾被贬知颍州（今安徽阜阳），晚年又归隐于此，对这里的山山水水情有独钟。此地有一天然水泊，亦称西湖，作者常游于此，并写了十首《采桑子》词，依次描写颍州西湖四季的不同景色。本篇是组词的第一首，描写了风光宜人的西湖景色，抒发了春日乘舟游湖的惬意情趣。“轻舟”

句总摄全篇，点明题意，直抒赞美之情，用轻快的笔触，把读者带进一个春色宜人的境界。着墨不多而有声有色，声情并茂。下片着重写泛舟湖上，“不觉船移”四字，信手拈来，贴切地描绘了舟行的情景。最后两句写小船荡开水波，出现了“动”的点染，静中有动，以动衬静。语言清新自然，表现了作者轻松活泼的心境；色彩清新淡雅，情调流畅欢快，充满了沁人心脾的诗情画意，“不著一字，尽得风流”，属山水词中的珍品。

玉楼春

欧阳修

尊前拟把归期说〔1〕，未语春容先惨咽。人生自是有情痴，此恨不关风与月。　离歌且莫翻新阕。一曲能教肠寸结。直须看尽洛城花，始共春风容易别。

【注释】

〔1〕尊前：即樽前，饯行的酒席前。

【赏析】

这是欧阳修离开洛阳时所写的惜别词。上片落笔即写离别的凄怆情怀。“尊前”二句：在酒宴前，

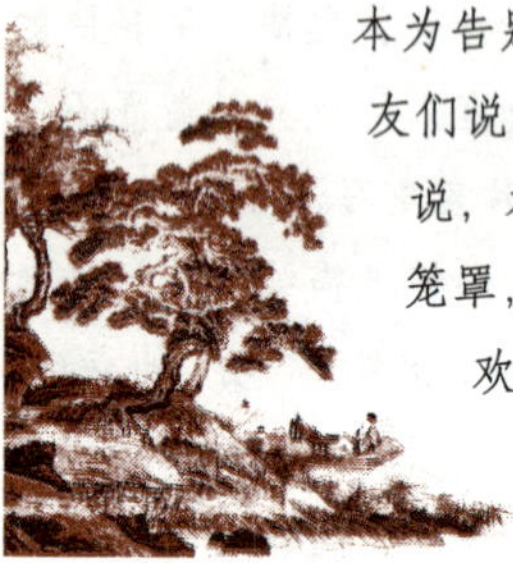

本为告别，却先谈归期，正要对朋友们说出他的心中所想，但话还没说，本来舒展的面容，立刻愁云笼罩，声音哽咽。作者把酒宴的欢乐与离别的痛苦，离别与归来，春容与惨咽，几种事物对举，多次进行了感情的转换。在这种转变和对比中，使读者感受到对美好事物的追求和对人生无常的悲叹，把作者与友人之间深厚的友谊、彼此的依恋等复杂丰富的情感全部包容进去。作者没有按作词时一般写景抒情的格局，而是侧重抒写离别时的内心活动。“人生”二句：是从人生哲理的高度来观照这种惜别的感情。离别之所以如此痛苦，并非留恋风月繁华，而是感情的执著、真诚和美好。即将到来的“失去”，使他陷入痛苦，这种痛苦不是春花秋月这种外物所能给人带来的感情变化，而是心灵的默契，是痴情的写照。

下片“离歌”二句，劝止那些唱离歌的人不要再换新的曲子了，仅只一曲离歌，就使人肝肠寸断。“且莫”二字，叮咛得如此恳切，目的是反衬后句“肠寸结”的哀痛伤心。至此，作者对离别无常之悲哀感慨、低徊婉转已至极限。惜别之情，俱已说完。结尾“直须”二句，笔锋一转，抛开一切悲哀伤感，要去“看尽洛阳花”，然后再同洛阳告别，表现出一种豪宕的意兴，当然豪宕之中也隐含着沉重的悲慨。王国维曾评此几句曰：“于豪放之中有沉着之致，所以尤高。”

朝　中　措

送刘原甫出守维扬[1]

欧阳修

平山栏槛倚晴空[2]。山色有无中。手种堂前垂柳，别来几度春风。　　文章太守，挥毫万字，一饮千钟。行乐直须年少，樽前看取衰翁。

【注释】

〔1〕刘原甫：刘敞，字原甫。嘉祐元年（1056）出知扬州。史载刘敞博学多识，气度不凡。

〔2〕平山：即平山堂，在扬州西北蜀冈上，欧阳修庆历八年（1048）为郡守时建。叶梦得《避暑录话》说：“欧阳文忠公在扬州作平山堂，壮丽为淮南第一，上据蜀冈，下临江南数百里，真、润、金陵三州。公每暑时，辄凌晨携客往游。”

【赏析】

这是一首送别词。欧阳修于庆历八年（1048）知扬州，一年后移知颍州。他在扬州修建了平山堂，并亲手植杨柳。本词因为是送刘敞出维扬，所以就从追忆扬州平山堂景色写起。上片“平山”二句，写登上凌空耸立的平山堂，凭栏远眺，被烟云笼罩的青山若隐若现，迷离朦胧，这是远眺。近观，则又想到自己手植之柳自别后又经几度春风，景中带情，蕴含着作者对平山堂的深切思念，也充满对自己在扬州政绩的自豪。当地人把他手植之柳称为“欧公柳”，足见百姓对他的热爱。

下片则由昔及今，回到送别刘敞题旨。“文章”三句，栩栩如生地刻画了刘敞才思敏捷、气度豪迈的形象。刘敞身为太守又有文才，故说文章太守。此二句表达了作者对刘敞的钦佩之情。和刘敞相比，作者感到自己已年老力衰，自称为衰翁。最后两句即从自己衰老劝勉刘敞要及时行乐。其中不无调侃，主要还是寄托着作者的人生感慨。

本词写得清旷豪放，别具一格，深受苏轼喜爱。

浪淘沙

欧阳修

把酒祝东风，且共从容[1]。垂杨紫陌洛城东[2]。总是当时携手处，游遍芳丛。　　聚散苦匆匆，此恨无穷。今年花胜去年红。可惜明年花更好，知与谁同？

【注释】

〔1〕从容：留连。

〔2〕紫陌：指洛阳。洛阳曾为东周、东汉的首都，当时都用紫色土铺路，故云。

【赏析】

欧阳修早年处于逆境，仕途坎坷。他一生都在忧念积贫积弱的国家，关心它盛衰兴亡的命运，也结交了不少志同道合的革新派朋友，如尹师鲁、梅圣俞等，他们一起议论国事，锐意革新，少年意气，倜傥风流。在陪都洛阳，到处都留下了他们感事抒怀、偃仰啸歌的足迹，这首令词就是追忆昔日在洛阳与友人欢聚的赏心乐事。起首“把酒”二句，写词人持酒祷祝，希望东风暂且与人从容留连，千万不要匆匆离去，这是他此刻的希望，紧接着便转入回忆。

“垂杨”一句，点明当年欢纵的时间地点是春天的洛阳。当时他们如诗句中所说：“相将日无事，上马若鸿翩。出门尽垂柳，信步即名园。”“寻尽水与竹，忽去嵩峰巅。”那是何等的欢乐！何等的潇洒！故本词接着回忆道：“总是当年携手处，游遍芳丛。”没想到，事过境迁，聚散匆匆，当年携手共游之地竟变成了今日梦魂萦绕的相思之处了。

下片写与友人分别后的怅恨。“庆历新政”失败了，革新派一一被免职、贬谪，各奔东西，“洛阳旧友一时分散，十年会合无二三。”现在面对眼前的春色他十分怀念旧时的挚友。“聚散”二句，写离别的憾恨。“今年”以下三句，着重写作者满怀愁绪感叹今年的好花，无人共赏，又不胜惋惜地预料明年花将更好，担心仍无人共赏。此处怀念旧友，黯然神伤，是含义之一；重要的是还有更深一层的含义：作者怀抱壮志，锐意除弊，新政夭折了，他的幻想也随之破灭了。什么时候能与革新派友人再聚政坛，一展抱负呢？这种渴望心情尽在不言之中。本词在写景抒情时，情绪转化大开大合，意境逐层深化、拓宽。语言朴素自然，感情饱满浓烈，风格洒脱清新。余音袅袅，耐人寻味。

浪淘沙令

王安石

伊吕两衰翁[1]，历遍穷通[2]，一为钓叟一耕佣[3]。若使当时身不遇，老了英雄。　　汤武偶相逢[4]，风虎云龙[5]，兴王只在谈笑中。直至如今千载后，谁与争功？

【注释】

〔1〕伊吕：指伊尹和吕尚二人。

〔2〕穷通：处境的困窘与顺利。

〔3〕钓叟：此指吕尚。耕佣：此指伊尹。

〔4〕汤武：汤即成汤，亦称天乙，商王朝的建立者。武即周武王，周朝的建立者。

〔5〕风虎云龙：比喻君主得到贤臣，臣子遇到明主的情况。

【赏析】

这是一首借咏史而抒发作者个人在政治上自豪之情的小令。上片主要写伊、吕两人在前半生，即所谓的“穷”。下片写伊、吕的后半生，即所谓的“通”。由“穷”变“通”的转折点当是机遇，这说明没有时势，也就难以造就英雄。若得遇明主，则可如风从虎，如云从龙，建立奇功，青史留名。作者表面上是咏史，实则是借古喻今，以伊、吕自况，抒发自己秉国政、行新法、建功立业的政治报负，表达了强烈的自信心和自豪感。题材开阔，意境宏大，风力刚健，是豪放词早期的代表作。

水调歌头

快哉亭作〔1〕

苏轼

落日绣帘卷，亭下水连空。知君为我新作，窗户湿青红〔2〕。长记平山堂上，攲枕江南烟雨，渺渺没孤鸿。认得醉翁语，山色有无中〔3〕。　　一千顷，都镜净，倒碧峰〔4〕。忽然浪起，掀舞一叶白头翁〔5〕。堪笑兰台公子，未解庄生天籁，刚道有雌雄〔6〕。一点浩然气〔7〕，千里快哉风。

【注释】

〔1〕快哉亭：元丰六年（1083），作者友人张怀民谪居黄州，在其住宅西南筑亭，苏轼命名为快哉亭。此词当作于其时。

〔2〕湿青红：形容漆色鲜润。

〔3〕“长记”五句：参见前欧阳修《朝中措 · 平山阑槛倚晴空》阕。此以平山堂比快哉亭。醉翁：欧阳修之号。

〔4〕“一千顷”三句：谓水面明净如镜，倒映碧峰。

〔5〕一叶：指小舟。白头翁：指老渔夫。

〔6〕兰台公子：指宋玉。宋玉曾陪楚襄王游兰台之宫，故云。兰台：在今湖北钟祥县。未解：不懂。庄生：指庄周。天籁：自然界的声响。《庄子 · 齐物论》：“汝闻地籁，而未闻天籁夫！”刚道：偏说，硬说。雌雄：宋玉《风赋》中说襄王在兰台之宫，披襟当风，说“快哉此风！寡人所与庶人共者耶？”宋玉回答说：风有雌雄之分，吹给大王的风是雄风，吹给百姓的风是雌风。

〔7〕浩然气：指人胸中之浩然坦荡的正气。

【赏析】

这首词上片描写快哉亭下江水及其周围远近胜景；下片描绘了亭前广阔江面波涛汹涌、风云开阖、惊心动魄的壮观，进而抒发词人浩然气概和坦荡胸怀。

念奴娇

赤壁怀古[1]

苏 轼

大江东去，浪淘尽，千古风流人物。故垒西边，人道是、三国周郎赤壁[2]。乱石穿空，惊涛拍岸，卷起千堆雪。江山如画，一时多少豪杰。　遥想公瑾当年[3]，小乔初嫁了[4]，雄姿英发。羽扇纶巾，谈笑间，樯橹灰飞烟灭。故国神游，多情应笑我，早生华发。人生如梦，一樽还酹江月。

【注释】

〔1〕赤壁：赤壁之说不一，实际上三国时周瑜击败曹操大军的赤壁是在湖北薄圻县西北、长江南岸。

〔2〕周郎：即周瑜。

〔3〕公瑾：周瑜字公瑾。

〔4〕小乔：周瑜妻。

【赏析】

这首词是苏词豪放风格的代表作。他以赤壁怀古为主题，将奔腾浩荡的大江波涛、波澜壮阔的历史风云和千古而来的风流人物，酣畅淋漓地挥写于大笔之下，抒发了作者宏伟的政治抱负和豪迈的英雄气概。词中也流露出壮志未酬的感慨和人生如梦、岁月流逝的遗憾，但这种

感慨和遗憾并非失望和颓废。它向人们揭示：千古风流人物身名俱灭，但江山长在，江月长留，当举酒相酹。

永 遇 乐

彭城夜宿燕子楼，梦盼盼，因作此词。

苏 轼

明月如霜，好风如水，清景无限[1]。曲港跳鱼[2]，圆荷泻露，寂寞无人见。紞如三鼓[3]，铿然一叶[4]，黯黯梦云惊断。夜茫茫、重寻无处，觉来小园行遍。 天涯倦客，山中归路，望断故园心眼。燕子楼空，佳人何在？空锁楼中燕。古今如梦，何曾梦觉，但有旧欢新怨。异时对，黄楼夜景，为余浩叹。

【注释】

〔1〕清景：清光。

〔2〕曲港：湖隈。

〔3〕紞（dǎn）如：鼓声沉闷的样子。

〔4〕铿（kēng）然：形容声音响亮有力。

【赏析】

这首词，上片描写明月清风，鱼翻露泻的清冷夜景。此时作者从梦中醒来，独自徘徊小园，更显寂寞。下片联想佳人已去，眼前楼空，因而感叹人生如梦，转眼皆为虚无，反映了作者失意时思念故乡的伤感心情。全词写景景如图画，抒情情思缠绵；叙事得纲领，用典不泥涩；遣辞用字精炼，意境清丽优美，很有艺术魅力。“燕子楼空”三句，尤为人称道。

卜 算 子

黄州定惠院寓居作

苏 轼

缺月挂疏桐，漏断人初静[1]。谁见幽人独往来[2]，缥缈孤鸿影。　　惊起却回头，有恨无人省[3]。拣尽寒枝不肯栖，寂寞沙洲冷。

【注释】

〔1〕漏断：指夜深。漏，古代计时器。以铜壶盛水，水从壶中漏出，壶中箭上刻度显出时辰。夜深时，漏壶水少，不闻滴漏声，称“漏断”。

〔2〕幽人：被谪幽居的人。这是作者自指。

〔3〕省（xǐng）：理解；了解。

【赏析】

人而似鸿，鸿而似人，非鸿非人，亦鸿亦人，这就是本词艺术形象的特点。而托鸿以见人，自标清高，寄意深远，风格清奇冷隽，似非食人间烟火语。

临江仙

壬戌九月，雪堂夜饮，醉归临皋作。

苏 轼

夜饮东坡醒复醉，归来仿佛三更。家童鼻息已雷鸣。敲门都不应，倚杖听江声。　　长恨此身非我有，何时忘却营营[1]！夜阑风静縠纹平[2]。小舟从此逝，江海寄余生。

【注释】

〔1〕营营：周旋、忙碌，内心躁急之状，形容为利禄竞逐钻营。

〔2〕夜阑：夜深。縠纹：比喻水波细纹。縠，绉纱。

【赏析】

词的上片着意渲染其醉态，下片写酒醒时的思想活动。这首词做到了情、景、理的巧妙结合。

满　江　红

寄鄂州朱使君寿昌[1]

苏　轼

江汉西来[2]，高楼下[3]，蒲萄深碧[4]。犹自带，岷峨雪浪[5]，锦江春色[6]。君是南山遗爱守[7]，我为剑外思归客[8]。对此间、风物岂无情，殷勤说。　《江表传》[9]，君休读；狂处士[10]，真堪惜。空洲对鹦鹉，苇花萧瑟[11]。不独笑书生争底事[12]，曹公黄祖俱飘忽[13]。愿使君、还赋谪仙诗[14]，追黄鹤[15]。

【注释】

〔1〕本词当作于元丰四年（1081），作者在黄州。朱寿昌，字康叔，时为鄂州（治所今湖北武汉武昌）太守。使君，汉时对州郡长官之称。

〔2〕江汉：长江和汉水。

〔3〕高楼：指武昌黄鹤楼。

〔4〕蒲萄：同葡萄，喻江水之澄清。李白《襄阳歌》：“遥看汉水鸭头绿，恰似葡萄初酦醅。”

〔5〕“岷峨”句：岷山和峨嵋山融化的雪水浪花。

〔6〕锦江：在四川成都南，一称濯锦江，相传其水濯锦，特别鲜丽，故称。杜甫《登楼》：“锦江春色来天地。”

〔7〕南山：终南山，在陕西，朱寿昌曾任陕州通判，故称。遗爱，指有惠爱之政引起人们怀念。

〔8〕剑外：四川剑门山以南。苏轼家乡四川眉山，故剑南思归客，化用杜诗“江汉思归客。”

〔9〕《江表传》：晋虞溥著，其中记述三国时江左吴国时事及人物言行，已佚，《三国志》陈寿之注中多引之。

〔10〕狂处士：指三国时祢衡。他有才学而行为狂放，曾触犯曹操，曹操顾忌他的才名而未杀。后为江夏太守黄祖所杀。不出仕之士称处士。

〔11〕“空洲”两句：鹦鹉洲，在长江中，后与陆地相连，在今湖北汉阳。黄祖长子黄射在洲上大会宾客，有人献鹦鹉，祢衡当即作《鹦鹉赋》，故以为洲名。

〔12〕不：据《全宋词》补。

〔13〕“曹公”句：权势人物如曹操与黄祖也都已一闪而过。

〔14〕谪仙：指李白。

〔15〕追黄鹤：赶上崔颢的《黄鹤楼》诗。相传李白登黄鹤楼说：“眼前有景道不得，

崔颢题诗在上头。”无作而去（见《唐才子传》）。后李白作《登金陵凤凰台》，即是有意追赶崔的诗。

【赏析】

这是作者游黄鹤楼时所作。词的上片描写了登楼远望长江、汉水的壮丽景色，抒发了思乡之情；下片借祢衡被杀之事抒发自己的忧怨，表达郁愤不平之情。

满 江 红

怀子由作

苏 轼

清颍东流，愁目断、孤帆明灭[1]。宦游处、青山白浪，万重千叠。孤负当年林下意，对床夜雨听萧瑟[2]。恨此生、长向别离中，添华发[3]。　一尊酒，黄河侧[4]；无限事，从头说。相看恍如昨，许多年月[5]。衣上旧痕余苦泪，眉间喜气添黄色[6]。便与君、池上觅残春，花如雪[7]。

【注释】

〔1〕颍：颍河，源出河南登封县嵩山西南，东流经周口市纳沙河、贾鲁河，至安徽寿县正阳关入淮河。

寿县在颍州东。明灭：时隐时现。

〔2〕孤负：同辜负。林下意：指仁宗嘉祐六年（1061）两人应举制策而寓居怀远驿，一个秋雨之夜，两人对床而眠，相约一起早日退隐山林。萧瑟：雨声。

〔3〕添：一作雕，凋落，萎谢。华发：花白头发。

〔4〕“一尊”二句：意即希望能在汴京相会。汴京紧靠黄河。

〔5〕“相看”二句：以前兄弟相见还像是昨天事，但已过了许多年月。

〔6〕黄色：古人以黄色为喜色，词人以此兆兄弟将相聚。化用韩愈《郾城晚饮奉赠副使马侍郎及冯李二员外》诗：“城上赤云呈胜气，眉间黄色见归期。”

〔7〕池：指汴京金明池。花：柳絮。

【赏析】

这首词作于元祐七年（1092）任颍州太守期间。当时子由在汴京。在东坡的诗词中，怀念子由的占了很多，两人在文坛史上可谓一对情深意厚的兄弟，他们政治见解、命运几乎都相同。词的上片追忆过去相聚及共谈理想、追求的情景，感叹彼此长别离的不幸；下片由过去的聚散表达希望今后能回到京师与兄弟长聚的愿望。

【陶穀赠词图】轴 局部［明］唐寅 中国台北故宫博物院藏 48－2

【陶縠赠词图】轴 局部 [明] 唐寅 中国台北故宫博物院藏 48-2

念 奴 娇

中 秋[1]

苏 轼

凭高眺远，见长空万里，云无留迹。桂魄飞来光射处[2]，冷浸一天秋碧。玉宇琼楼[3]，乘鸾来去[4]，人在清凉国[5]。江山如画，望中烟树历历[6]。　我醉拍手狂歌，举杯邀月，对影成三客。起舞徘徊风露下[7]，今夕不知何夕。便欲乘风，翻然归去，何用骑鹏翼[8]。水晶宫里，一声吹断横笛[9]。

【注释】

〔1〕元丰五年（1082）八月十五日在黄州作。

〔2〕桂魄：古人称月体为魄，又传月中有桂树，故称。

〔3〕玉宇琼楼：形容月中宫殿的精美。

〔4〕乘鸾：《异闻录》：“开元中，明皇与申天师游月中，见素娥十余人，皓衣乘白鸾，笑舞于广庭大桂树下。”

〔5〕清凉国：唐陆龟蒙诗残句：“溪山自是清凉国。”

〔6〕烟树历历：唐崔颢《黄鹤楼》诗：“晴川历历汉阳树。”

〔7〕“举杯”三句：李白《月下独酌》：“举杯邀明月，对影成三人。……我歌月徘徊，我舞影零乱。”

〔8〕“便欲”三句：化用《庄子·逍遥游》：“有鸟焉，其名为鹏，背若泰山，翼若垂天之云，抟扶摇羊角而上者九万里。”

〔9〕“水晶”二句：李肇《唐国史补》卷下：李舟以笛遗李牟，“牟吹笛天下第一，月夜泛江，维舟吹之……甚为精壮，山河可裂……及入破，呼吸盘擗，其笛应声粉碎 ”。李牟，或作李谟。此喻胸中豪气喷薄而出。

【赏析】

作者谪居黄州期间，他的政治处境虽然比较艰难，但是心情比较开朗，通篇都用幻想组成，反映了作者胸襟开阔的精神面貌。

水调歌头

游览

黄庭坚

瑶草一何碧[1]，春入武陵溪[2]。溪上桃花无数，枝上有黄鹂。我欲穿花寻路，直入白云深处，浩气展虹霓[3]。只恐花深里，红露湿人衣。　坐玉石，倚玉枕，拂金徽[4]。谪仙何处[5]？无人伴我白螺杯[6]。我为灵芝仙草，不为朱唇丹脸[7]，长啸亦何为？醉舞下山去，明月逐人归[8]。

【注释】

〔1〕瑶草：古人想象中的仙草，也泛指芳草。

〔2〕武陵：大致相当于今湖南常德。陶渊明《桃花源记》：“晋太元中，武陵人捕鱼为业，缘溪行，忘路之远近，忽逢桃花林。夹岸数百步，中无杂树，芳草鲜美，落英缤纷，渔人甚异之。”

〔3〕“我欲”三句：满腔浩然之气，化为天上的虹霓。

〔4〕金徽：琴的美称。徽，系弦之绳。

〔5〕谪仙：指唐诗人李白。

〔6〕白螺杯：白色螺形的酒杯。这里是指饮酒。

〔7〕朱唇丹脸：指红色的桃花，亦暗喻长生不老。

〔8〕逐：追随。

【赏析】

本词叙述静穆平和，缓缓道来，俯仰自得，表现了作者超轶绝尘的审美理想，也流露了他徘徊在入世与出世之间的矛盾心情，但仍不失豪纵之气。

定 风 波

次高左藏使君韵[1]

黄庭坚

万里黔中一漏天[2]，屋居终日似乘船。及至重阳天也霁，催醉，鬼门关外蜀江前[3]。　莫笑老翁犹气岸[4]，君看，几人黄菊上华颠[5]？戏马台南追两谢[6]，驰射，风流犹拍古人肩[7]。

【注释】

〔1〕高左藏：其人未详，山谷贬谪黔州时认识的友人。使君：古代对州郡长官的尊称。

〔2〕漏天：形容阴雨连绵，如天漏了一样。

〔3〕鬼门关：即石门关，今重庆市奉节县东，两

山相对如门，地势险要。古时亦称道路僻远险阻之地为“鬼门关”。蜀江：这里是指流经黔州的乌江。

〔4〕气岸：气概傲岸。

〔5〕华颠：白头，谓老年。颠，头顶。

〔6〕戏马台：在彭城（今江苏徐州市）。两谢：指谢瞻和谢灵运。二人曾各赋诗一首，述戏马台事。

〔7〕拍古人肩：表示追赶古人，与古人比肩。

【赏析】

此阕为作者贬谪黔州时所作。词的上片描写黔州重阳前后阴雨连绵、变化无常的气候和词人所处的恶劣环境。下片叙述作者重阳节登高，簪菊驰射，表现出风流慷慨、老当益壮的豪迈性格。词语疏宕，意境开阔，显示了作者虽身处逆境，却不甘消沉的精神风貌。

望海潮

晁端礼

高阳方面[1]，河间都会[2]，三关地最称雄[3]。粉堞万层，金城百雉[4]，楼横一带长虹。烟素敛晴空。正望迷平野，目断飞鸿。易水风烟[5]，范阳山色有无中[6]。　安边暂倚元戎。看纶巾对酒，

羽扇摇风。金勒少年[7]，吴钩壮士[8]，宁论卫霍前功[9]！乃眷在清衷。恐凤池虚久[10]，归去匆匆。幸有佳人锦瑟，玉笋且轻拢。

【注释】

〔1〕高阳：县名，在今河北保定东南。

〔2〕河间：府、路名。北宋大观二年（1108）升瀛州置府，治所在河间（今河北县名）。

〔3〕三关：古代三个关口的总称。

〔4〕金城：坚固的城墙。金城汤池的略语。雉：古代计算城墙面积的单位，长三丈、高一丈为一雉。

〔5〕易水：在河北省西部，大清河上游支流。

〔6〕范阳：古县名。唐以后治所在今河北涿县。

〔7〕金勒：代指宝马。勒，套在马头上带嚼口的笼头。

〔8〕吴钩：相传产于吴地的一种弯头宝刀。

〔9〕卫霍：指西汉名将卫青、霍去病。

〔10〕凤池：即凤凰池，为宋代中书省的所在地，代指朝廷。

【赏析】

这首词作于瀛州（今河北河间市）边帅府席上。上片描绘边关雄奇险峻的地理形势和苍茫辽阔的山光水色；下片赞扬主帅安边有策，战士少年英俊，勉励他们为国建立功勋（《全宋词精华》）。

水　龙　吟

晁端礼

小桃零落春将半，双燕却来池馆。名园相倚，初开繁杏，一枝遥见。竹外斜穿，柳间深映，粉愁香怨。任红欹宋玉，墙头千里，曾牵惹人肠断。　常记山城斜路，喷清香、日迟风暖。春阴挫后〔1〕，马前惆怅，满枝红浅。深院帘垂雨，愁人处，碎红千片〔2〕。料明年更发，多应更好，约邻翁看。

【注释】

〔1〕这句说春阴天气使人感到压抑。

〔2〕碎红：残花。

【赏析】

此阕上片写独倚名园赏杏，换头回忆马上观花，结处祝愿明年花儿更好，那时再约邻居老翁一同前来观看。“深院帘垂”三句，《全宋词》断为“深院帘垂雨，愁人处、碎红千片”两句，恐未合词律，今据《词综》订正。

满庭芳

晁端礼

绿绕群峰，红摇千柄〔1〕，夜来暑雨初收。共君乘兴，轻舸信悠悠〔2〕。且尽一尊别酒，荷香里、满酌轻讴〔3〕。明朝去，征帆夜落，何处好汀洲？　风流，吾小阮，朝辞东观，夕向南州〔4〕。况圣时、争教贾傅淹留〔5〕？若过浔阳亭上〔6〕，琵琶泪、莫洒清秋。堤边柳，从今爱惜，留待系归舟〔7〕。

【注释】

〔1〕“绿绕”二句：写家乡巨野泽（当时梁山泊的一部分）的山光水色。红摇千柄，形容荷花盛开情态。

〔2〕轻舸：轻便的小船。舸，大船。

〔3〕酌：饮酒。轻讴：低声歌唱或吟咏。

〔4〕小阮：晋阮咸。晋竹林七贤中有阮籍、阮咸

叔侄，人称为大小阮。这里把小阮喻晁补之，也暗中把自己比阮籍。东观：东汉洛阳宫中的藏书之府，后因以称国家修撰之所或宫中藏书之所。属秘书省。晁补之曾任秘书省丞，故说他“辞东观”。南州：即信州。

〔5〕圣时：圣明时代，指哲宗时。争：怎。贾傅：贾谊，西汉政论家、文学家，洛阳人，少时博学能文，文帝初召为博士，迁太中大夫，好议国家大事，为大臣排挤贬为长沙王太傅，在长沙三年。这里喻晁补之。作者勉励补之在此圣明之时不会让他在信州久居。

〔6〕浔阳亭：指白居易“琵琶亭”。在今江西九江市。

〔7〕“留待”句：表作者盼补之归来。

【赏析】

这首词是哲宗元符二年（1099）六月为其堂侄晁补之送别时作。晁补之赴信州（今江西上饶）监盐酒税，有《满庭芳》留别。上片写送别时山光水色及祥和气氛，下片赞美晁补之的才华，对补之谪贬予以劝慰和勉励。

水调歌头

中秋

米　芾

砧声送风急[1]，蟋蟀思高秋。我来对景，不学宋玉解悲秋[2]。收拾凄凉兴况[3]，分付尊中醽醁[4]，倍觉不胜幽。自有多情处，明月挂南楼。　　怅襟怀，横玉笛，韵悠悠。清时良夜，借我此地倒金瓯[5]。可爱一天风物，遍倚阑干十二，宇宙若萍浮。醉困不知醒，欹枕卧江流。

【注释】

〔1〕砧（zhēn）声：捣衣之声。砧，捣衣石。

〔2〕宋玉：战国楚辞赋家，或称为屈原弟子，曾事楚顷襄王。所作《九辩》云："悲哉秋之为气也，萧瑟兮草木摇落而变衰。"

〔3〕兴况：兴致况味。

〔4〕醽醁（líng lù）：美酒。

〔5〕金瓯：盛酒器。

【赏析】

这首词写词人面对中秋夜，借赏月之机抒写自己高洁的情怀、幽雅的兴致。

减字木兰花

涟水登楼寄赵伯山[1]

米 芾

云间皓月，光照银淮来万折[2]。海岱楼中[3]，拂袖雄披楚岸风[4]。　　醉余清夜，羽扇纶巾人入画。江远淮长，举首宗英醒更狂[5]。

【注释】

〔1〕涟水：地处江苏北部淮河北岸，介于东海和泰山之间。

〔2〕银淮：月光照射下的淮水，银光闪闪，故称银淮。

〔3〕海岱：海，指东海。岱，指泰山，泰山古称“岱”。此指东海与泰山之间。

〔4〕楚岸风：宋玉《风赋》把风分为“大王之雄风”和“庶人之雌风”，涟水，古属楚地，故称楚岸风。

〔5〕宗英：即赵伯山，因他姓赵，与皇帝同姓，故称宗英，是英杰之意。

【赏析】

上片首先描写了长淮的夜晚，从天空到江面。先写云间的皓月，明亮的月光透过云层，洒落淮水，江面银光闪闪，波纹粼粼，雄浑粗放，气象开阔。词人登上海岱间涟水岸边的高楼之上，拂袖迎风，雄姿勃发，心情十分舒畅。下片转入怀人。紧随上片，开头先写词人的自我形象，在这如诗如画的夜晚，手执羽扇，头戴丝巾，临江望月，酒意浓浓。当词人独自享受这良辰美景时，不由得想起了远方的友人，于是即景抒情，让这绵长的淮河，带去对远在异地的赵伯山的思念吧！词人称赵伯山为“宗英”，而自己又因举止狂放被时人称为“米颠”，故二人相知甚深，息息相通。“举首宗英醒更狂”，是说在思念赵伯山的同时，他酒醒了，人也醒了，直言不讳地说自己酒醉狂放，酒醒更为狂放。这位才华盖世的词人兼书画家一生并不得意，所以他不满现实，内心苦闷，行为狂放不羁，放浪形骸，这种性格使他的词作充满了豪放之气。

六州歌头

贺　铸

少年侠气[1]，交结五都雄。肝胆洞，毛发耸[2]。立谈中，死生同。一诺千金重[3]。推翘勇，矜豪纵[4]。轻盖拥，联飞鞚，斗城东[5]。轰饮酒垆，春色浮寒瓮，吸海垂虹[6]。间呼鹰嗾犬，白羽摘雕弓，狡穴俄空[7]。乐匆匆。　似黄粱梦，辞丹凤；明月共，漾孤蓬[8]。官冗从[9]，怀倥偬[10]；落尘笼，簿书丛[11]。鹖弁如云众，供粗用，忽奇功[12]。笳鼓动，渔阳弄[13]，思悲翁。不请长缨，系取天娇种，剑吼西风[14]。恨登山临水，手寄七弦桐，目送归鸿[15]。

【注释】

〔1〕少年侠气，交结五都雄：化用李白“结发未识事，所交尽豪雄”及李益“侠气五都少”诗句。“五都”泛指北宋的各大城市。

〔2〕肝胆洞，毛发耸：待人真诚，肝胆相照，遇到不平之事，便会怒发冲冠，具有强烈的正义感。

〔3〕一诺千金：喻一言既出，驷马难追，诺言极为可靠。语出《史记·季布列传》引楚人谚曰："得黄金百斤，不如得季布一诺。"

〔4〕推翘勇，矜豪纵：被推崇为最出众、最勇敢的人，狂放不羁傲视他人。

〔5〕"轻盖拥"三句：轻车簇拥联镳驰逐，出游京郊。盖，车盖，代指车。鞚，有嚼口的马络头。飞鞚，飞驰的马。斗城，汉长安故城，这里借指汴京。

〔6〕"轰饮酒垆"三句：在酒店里豪饮，酒坛浮现出诱人的春色，侠少们像长鲸和垂虹那样饮酒，顷刻即干。

〔7〕"间呼鹰嗾犬"三句：他们间或带着鹰犬去打猎，刹那间便荡平了狡兔的巢穴。嗾（sǒu），指人口发出的驱使犬的声音。

〔8〕漾孤蓬：驾孤舟飘流于水中。

〔9〕冗从：散职侍从官。

〔10〕倥偬（kǒng zǒng）：事多、繁忙。

〔11〕落尘笼，簿书丛：陷入了污浊的官场仕途，担任了繁重的文书工作。

〔12〕"鹖（hé）弁如云"三句：像自己这样成千上万的武官，都被支派到地方上去打杂，劳碌于文书案牍，不能杀敌疆场、建功立业。鹖弁，插有鹖毛的武士帽子，指武官。

〔13〕笳鼓动，渔阳弄：笳鼓敲响了，渔阳之兵乱

起来了，战争爆发了。笳和鼓都是军乐器。渔阳，安禄山起兵叛乱之地。此指侵扰北宋的少数民族发动了战争。

〔14〕“不请长缨”三句：（我）请缨无路，不能为国御敌，生擒西夏酋帅，就连随身的宝剑也在秋风中发出愤怒的吼声。

〔15〕“恨登山临水”三句：怅恨自己极不得志，只能满怀惆怅游山玩水，抚瑟寄情，目送归鸿。七弦桐，即七弦琴。

【赏析】

本词作于1088年，当时西夏屡犯边界，词人以侍卫武官之阶出任和州管界巡检，目睹朝廷对西夏所抱的屈辱态度，十分不满，但他人微言轻，不可能铮铮于朝廷之上，只能将一股抑塞悲愤之气发之为声，写下这首曲词悲壮、声情激越的《六州歌头》。上片落笔先从追忆自己在东京度过的六七年倜傥逸群的侠少生活写起。“少年侠气，交结五都雄”，以“侠”、“雄”二字总摄下文，从“肝胆洞”至“矜豪纵”写豪侠们的“侠”、“雄”品格，勇敢正义，慷慨豪爽。“轻盖拥”至“狡穴俄空”九句，写豪侠们“侠”、“雄”的具体行藏，驰逐、射猎、豪饮，

过着快乐的生活。上片有点有染，虚实相间地向读者展示了一幅弓刀武侠的生动画卷。“他们雄姿壮彩，不可一世”（夏敬观语），这在唐诗中屡见不鲜的游侠壮士在宋词中则是前所未有的。

换头紧承“乐匆匆”三字，用“似黄粱梦”四字转折文意，变换情绪，那一切都如梦似幻地过去了，自己和豪友们被迫离开了京城到外地供职，劳碌于案牍文书，不能驰骋疆场，满腔悲思郁愤如决口之堤喷发而出。锋芒直指埋没扼杀人才的封建统治阶级。词人激愤的情绪愈益高昂，词的主题亦随之深化。“笳鼓动”以下六句，是全词的高潮，极写报国无门的悲愤，爱国之情，感人至深。最后三句，变激烈为凄凉，写理想破灭的悲哀，自己既不得志，只能满怀怅恨寄情山水抚瑟送客以为宣泄了。本词是宋词中最早出现的真正称得上抨击投降派、歌颂杀敌将士的爱国诗篇，起到了上继苏词、下启南宋爱国词的过渡作用，叙事、议论、抒情结合紧密，全词风格苍凉悲壮。

将 进 酒

贺 铸

城下路，凄风露，今人犁田古人墓。岸头沙，带蒹葭，漫漫昔时流水今人家〔1〕。黄埃赤日长安道，倦客无浆马无草。开函关〔2〕，掩函关，千古如何不见一人闲？　　六国扰，三秦扫，初谓商山遗四老〔3〕。驰单车，致缄书，裂荷焚芰接武曳长裾〔4〕。高流端得酒中趣〔5〕，深入醉乡安稳处。生忘形，死忘名。谁论二豪初不数刘伶？

【注释】

〔1〕“城下路”六句：用顾况《悲歌》“边城路，今人犁田昔人墓；岸上沙，昔时流水今人家”，略加增改。蒹葭，没有长穗的芦苇。

〔2〕函关：即函谷关，是进入长安的必经之路。

〔3〕商山遗四老：商山留下四位隐士。此指商山四皓，汉刘邦时的隐士，隐居商山，张良用计请其出山，扶持保护太子刘盈。

〔4〕裂荷焚芰：南齐周彦伦隐居钟山，后应诏出来做官，孔稚珪作《北山移文》来讥讽他，中有“焚

芰制而裂荷衣，抗尘容而走俗状”之语。其中“焚芰制而裂荷衣”是说他烧掉了用菱叶和荷叶做成的标榜清高的衣服，出来做官。

〔5〕高流：指阮籍、陶渊明、刘伶、王绩等。

【赏析】

本词通过吟咏、议论、评价历史上的一些史实来抒发自己愤世嫉俗和超凡脱俗的思想。

“高流”以下，揭示本篇主题，要像“高流”一样到酒中寻找寄托，寻找乐趣。词人以愤慨、嘲讽的口吻描写了历史上那些热衷于追求权势和名利的各式各样的人物。厌恶和鄙弃使他只能逃避到醉乡中。这种态度是消极的，但从坚决不与统治者合作这一点看，仍有一定的进步意义。作者对历史的俯瞰，超然物外的潇洒情怀，以及物转斗移、沧海桑田、人事变更的悲壮情调，都使这首词涂上了一层豪壮的色彩。

水调歌头

台城游[1]

贺铸

南国本潇洒，六代浸豪奢[2]。台城游冶，襞笺能赋属宫娃[3]。云观登临清夏，璧月留连长夜[4]，吟醉送年华。回首飞鸳瓦，却羡井中蛙[5]。　访乌衣[6]，成白社[7]，不容车。旧时王谢、堂前双燕过谁家[8]？楼外河横斗挂[9]，淮上潮平霜下，樯影落寒沙。商女篷窗罅，犹唱后庭花[10]！

【注释】

〔1〕台城：本系东吴后苑城，东晋成帝时改建为新宫，遂成宫城，历宋、齐、梁、陈，皆为台省（中央政府）及宫殿所在地，故名台城。故地在今南京鸡鸣山前、干河沿北。

〔2〕浸：渐进。

〔3〕襞（bì）笺能赋属宫娃：陈后主沉湎酒色，在宫中宴会，常先令八妇人襞彩笺作诗，十客赓和，文思稍慢，便要罚酒，群臣酣饮，常常通宵达旦。襞笺，

即指此。襞，折迭。

〔4〕“璧月”句：陈后主选择宠姬、狎客赋艳诗，配乐歌唱，其中有“璧月夜夜满，琼树朝朝新”之句，多为描写张、孔二妃的美丽姿色。

〔5〕“回首”二句：写陈朝灭亡，隋将破城，陈宫门被毁。“飞鸳瓦”喻陈宫门被毁。鸳瓦，华丽建筑物上覆瓦的美称。井中蛙，陈宫城破后，后主偕二妃躲入井中，隋军窥井，扬言欲下石，后主惊叫，于是隋军用绳索把他们拉出井外。这里用来讽刺后主穷途末路，欲为井蛙亦不可得。

〔6〕乌衣：即乌衣巷，在秦淮河南，东吴时是乌衣营的驻地，故名。晋统一后，王、谢等名家豪居于此。

〔7〕白社：洛阳地名，晋高士董京常宿于白社，乞讨度日。这里作为贫民区的代名词。

〔8〕“旧时”句：化用刘禹锡《乌衣巷》诗：“旧时王谢堂前燕，飞入寻常百姓家。”

〔9〕河横斗挂：秋夜星空，银河自东南至西北横斜于天，北斗之柄指北，下垂若挂。

〔10〕“商女”二句：用杜牧《夜泊秦淮》：“商女不知亡国恨，隔江犹唱后庭花！”后庭花即陈后主所制《玉树后庭花》，为靡靡之音，时人以为陈亡国的预兆。

【赏析】

这首词，借古抒情，上片描写南朝的繁华，骄奢淫逸的生活却落得个“井中蛙”的结局。下片则感叹昔日繁华之地，今已成了“白社”。历史的变迁引起了作者对宋朝廷奢侈腐化的不满情绪。

水调歌头

癸丑中秋[1]

叶梦得

河汉下平野，香雾卷西风。倚空千嶂横起，银阙正当中[2]。常恨年年此夜，醉倒歌呼谁和，何事偶君同。莫恨岁华晚，容易感梧桐。　　揽清影，君试与，问天公。遥知玉斧初斫，重到广寒宫[3]。付与孤光千里，不遣微云点缀，为我洗长空。老去狂犹在，应未笑衰翁[4]。

【注释】

〔1〕癸丑：绍兴三年（1133）。

〔2〕银阙：指月亮。

〔3〕“遥知”二句：化用杜甫《一百五日夜对月》诗：“斫却月中桂，清光应更多。”

〔4〕衰翁：词人自称。

【赏析】

此为中秋咏月词。中秋的月夜自然显得格外清澈明朗，词人沐浴着如水的月光，神清气爽，不由得展开想象的翅膀，欲问天公、临广寒、洗长空，气魄宏大，意气风发，尽显狂狷高洁之态，令人精神为之一振。河汉平野、倚空千嶂、孤光千里、银阙高悬，写景壮观，扩大了词的意境。

八声甘州

寿阳楼八公山作[1]

叶梦得

故都迷岸草，望长淮、依然绕孤城。想乌衣年少[2]，芝兰秀发，戈戟云横。坐看骄兵南渡，沸浪骇奔鲸。转眄东流水，一顾功成。　　千载八公山下，尚断崖草木，遥拥峥嵘。漫云涛吞吐，无处问豪英。信劳生、空成今古；笑我来、何事怆遗情？东山老[3]，可堪岁晚，独听桓筝[4]！

【注释】

〔1〕寿阳：今安徽寿县。八公山：在寿县北。淝水之战，东晋谢石、谢玄在此大败前秦苻坚。

〔2〕乌衣年少：指东晋贵族王、谢两家子弟。乌衣：指乌衣巷，在江苏南京，王、谢旧居地。

〔3〕东山老：指谢安，因其曾隐居东山，故称。

〔4〕桓筝：典出《晋书·桓伊传》：谢安晚年遭孝武帝忌，桓伊抚筝而歌《怨歌》为之鸣不平。

【赏析】

这首词约作于绍兴三年（1133）前后，时叶梦得因主战受到排挤，出任江东安抚制置使、兼知建康府并寿春等六州宣抚使，登临八公山，面对淝水之战故址，缅怀东晋谢安功绩，怀古抒志，表达自己壮志难酬的感慨，愤慨苍凉，声情激烈。

上片怀古，由景入情，追述淝水之战。公元383年，前秦苻坚率百万大军大举南侵，东晋谢安派谢石、谢玄率八万精兵迎敌，在八公山大败秦军，挽救了东晋的半壁江山。淝水之战也成为历史上有名的以少胜多的战例。“想乌衣年少，芝兰秀发，戈戟云横”勾画出了谢氏子弟少年英武的形象以及东晋军队的威武雄姿。“沸浪骇奔鲸”形容前秦军轰然

崩溃，如洪汇鲸奔。下片由古思今，用笔曲折深妙，逸出常境。八公山下，断崖荒草，云涛吞吐，历史上的英豪一去不返，再也无处寻觅了。既表达了对英雄的仰慕，又婉转地表示了对主和派的不满。接着又正话反说，以否定谢氏叔侄、否定自己，来诉说心中强烈的愤懑之情。结尾三句，以谢安自况，写出词人空怀抱负，却受到猜忌，不为重用的痛苦境遇。

喜迁莺

晋师胜淝上

李　纲

长江千里，限南北、雪浪云涛无际〔1〕。天险难逾，人谋克壮，索虏岂能吞噬〔2〕！阿坚百万南牧，倏忽长驱吾地〔3〕。破强敌，在谢公处画，从容颐指〔4〕。　奇伟！淝水上，八千戈甲，结阵当蛇豕〔5〕。鞭弭周旋，旌旗麾动，坐却北军风靡〔6〕。夜闻数声鸣鹤，尽道王师将至〔7〕。延晋祚，庇烝民，周雅何曾专美〔8〕。

【注释】

〔1〕限：阻隔。

〔2〕克壮：克服强敌。壮，壮大，这里指强敌前秦。一作克敌。索虏：南北朝时南朝对北朝的蔑称。索，指发辫，古代北方民族多有发辫，故称。这里指前秦，也借指金兵。

〔3〕阿坚：前秦主苻坚。南牧：南侵。倏忽：转眼之间 。

〔4〕谢公：谢安。处画：处置筹划。颐指：谓以下巴的动向示意而指挥人，常指指挥人的傲慢态度，亦形容指挥若定。这里用后者意。

〔5〕八千戈甲：指谢石谢玄率八万晋军大破前秦军队。八千代指东晋精兵。当：阻挡。蛇豕：长蛇封豕的简称，比喻贪财害人者，这里指苻坚。

〔6〕鞭弭（mǐ）：马鞭和弓。此指指挥军队。八千代指东晋精兵。却：退却，指败逃。北军：苻坚军。

〔7〕“夜闻”二句：即风声鹤唳、草木皆兵。

〔8〕延晋祚：延长了晋朝的国运和年代。祚（zuò），国运、年岁。烝民：百姓。周雅：指诗经《小雅》中的《六月》《采芑》等篇赞颂周宣王讨伐猃狁、蛮荆取得胜利的篇章。专美：独得赞美之词。

【赏析】

李纲以历代重大事件，特别是著名的战争为题材，创作了一组（共八首，其一为残句）咏史词，借以表达他的历史观和对待现实斗争的态度。这首反映秦晋淝水之战的《喜迁莺》，便是其中的一篇。东晋孝武帝太元八年（383），前秦苻坚率数十万军队，大举南下，企图一举灭晋。晋相谢安派谢玄等率兵迎战，结果在淝水大败秦军，取得了以弱敌强、以少胜多的巨大胜利。作者歌颂淝水之战的胜利，目的在于以古喻今，激励南宋君臣不畏强敌，坚持抗金，为光复失地、统一国土而战。此词叙事简明，语言精炼，章法严谨，层次井然，风格雄健，是咏史词中的一篇力作。

苏武令

李纲

塞上风高，渔阳秋早，惆怅翠华音杳〔1〕**。驿使空驰，征鸿归尽，不寄双龙消耗**〔2〕**。念白衣、金殿除恩，归黄阁、未成图报**〔3〕**。　　谁信我、致主丹衷，伤时多故，未作救民方召**〔4〕**。调鼎为霖，登坛作将，燕然即须平扫**〔5〕**。拥精兵十万，横行沙漠，奉迎天表**〔6〕**。**

【注释】

〔1〕渔阳：古郡名，战国时燕国设。隋唐时渔阳郡在今天津市蓟县。这里借指边地。翠华：皇帝仪仗中用翠鸟羽毛装饰的旗帜。这里代指徽、钦二帝被俘后音讯全无。

〔2〕双龙消耗：即指二帝消息。消耗，音信，声息。一作音耗。

〔3〕白衣：指无官职的人。作者自称考中进士前的身份。除恩：拜官、授职。黄阁：汉代丞相、太尉和汉以后三公官署厅门涂黄色，以区别于天子。李纲在南宋初曾任宰相，故有此说。

〔4〕丹衷：赤诚之心。方召（shào），亦作方邵，西周时助周宣王中兴的方叔、召虎合称。后借指国之重臣。

〔5〕调鼎：喻任宰相治理国家。霖：甘雨，及时雨。喻解决百姓所需求。燕然：燕然山，即今杭爱山，在今蒙古人民共和国境内。东汉永元元年（89），窦宪与耿秉击败北匈奴，登燕然山勒石纪功而还。这里指扫平金人，收复中原国土，建功立业。

〔6〕天表：天子的仪容，指徽、钦二帝。

【赏析】

这首词作于靖康之难后南宋初年，词中借苏武出使匈奴十九年坚贞不屈为名，表白自己忠贞爱国的胸怀和济世救民的抱负。上片写靖康之难二帝蒙尘，自己蒙君恩未成图报；下片表明自己希望能登坛作将，拥兵十万，横行沙漠，奉迎天表。

渔家傲

李清照

天接云涛连晓雾，星河欲转千帆舞。仿佛梦魂归帝所，闻天语[1]，殷勤问我归何处？　　我报路长嗟日暮[2]，学诗漫有惊人句。九万里风鹏正举，风休住，蓬舟吹取三山去[3]。

【注释】

〔1〕天语：天帝的话语。

〔2〕路长嗟日暮：本于《史记·伍子胥列传》：“吾日暮途远。”又隐括屈原《离骚》：“路漫漫其修远兮，吾将上下而求索。”

〔3〕三山：即蓬莱、方丈、瀛洲，传说中的东海三座神山。

【赏析】

此词以超凌一切的神来之笔，勾勒出一个神奇的梦境，表达了作者对自由理想的积极追求。气魄宏大，格调雄奇，意境豪迈，极富浪漫色彩。拂晓时分，海天辽阔，云雾迷茫，银河波涛翻卷，船摇帆舞，词人神思恍惚，身轻如飞，一缕梦魂仿佛来到了天帝的宫殿。想象驰骋，情调浪漫。天帝的殷勤垂询，引出词人悲痛的感喟：知音难遇，欲诉无门；日暮路长，孤独无依。“九万里风鹏正举”，词笔轻宕，由实转虚，借用《庄子·逍遥游》中扶摇而上九万里的大鹏，乘风破浪，直到三山。豪迈的胸襟，凌云的气概，奇异的情思，比起苏轼、辛弃疾之词也是毫不逊色。

贺新郎

寄李伯纪丞相[1]

张元干

曳杖危楼去[2]。斗垂天[3]，沧波万顷，月流烟渚[4]。扫尽浮云风不定，未放扁舟夜渡[5]。宿雁落、寒芦深处。怅望关河空吊影[6]，正人间、鼻息鸣鼍鼓[7]。谁伴我，

醉中舞？　　十年一梦扬州路[8]。倚高寒、愁生故国，气吞骄虏[9]。要斩楼兰三尺剑[10]，遗恨琵琶旧语[11]。谩暗涩、铜华尘土[12]。唤取谪仙平章看[13]，过苕溪、尚许垂纶否[14]？风浩荡，欲飞举。

【注释】

〔1〕李伯纪：李纲，字伯纪。建炎元年（1127）曾出任宰相。

〔2〕曳（yè）杖：拖着手杖。危楼：高楼。

〔3〕斗垂天：北斗星悬挂在天空。

〔4〕月流烟渚（zhǔ）：月光洒在烟水迷茫的沙洲上。

〔5〕未放扁舟夜渡：是说风急浪大，不能乘船来和你会面。

〔6〕吊影：形影相吊，表示孤独无依。

〔7〕鼻息鸣鼍（tuó）鼓：鼻息如雷的意思。鼍，即扬子鳄。鼍皮可以做鼓。

〔8〕十年一梦扬州路：十年前，即建炎元年（1127）。这年宋高宗在南京（今河南商丘）称帝，用李纲为相，后被投降派排斥罢职。金兵大举南侵，扬州被焚，高宗匆匆南逃。

〔9〕倚高寒：在高楼上凭栏眺望，感到寒气侵人。骄虏：指骄横的金兵。

〔10〕要斩楼兰：汉傅介子出使西域，设计刺死为匈奴作间谍的楼兰王。傅介子因功封侯。

〔11〕“遗恨”句：用王昭君出塞事。汉元帝时以王昭君出嫁匈奴单于，表示汉朝与匈奴和好。相传昭君在途中弹着琵琶，匈奴使者唱胡语歌曲安慰她。

〔12〕谩：徒然。暗涩：形容宝剑上布满铜锈，暗然无光。涩，一作“拭”。华，同“花”，剑上的锈痕像花一样。

〔13〕谪仙：唐人称李白为天上谪仙人。李纲有“李白乃吾祖”之句。这里是以李白借指李纲。平章：评论。

〔14〕苕溪：在浙江省境内，是南宋文人学士隐居、游赏的风景区。纶：钓鱼用的丝线。

【赏析】

此词约作于绍兴八年（1138）前后。当时在主和派秦桧等人的策划下，宋金和议已成定局，朝廷中主张抗战、反对投降的人纷纷上书对秦桧及其同伙加以揭露和谴责。枢密副使王庶、监察御史张戒、礼部侍郎曾开等交章陈辞，要求罢免秦桧，将抗金斗争进行到底。此时李纲虽已被排斥出政府，但当他了解到这一严重的事态后，也毅然上书朝廷，表明自己反对议和的态度。结果当权者不但没有听取他的意见，反而将他罢归福建长乐。张元干闻知此事后，满怀义愤，写了这首词对李纲表示敬仰和支持，鼓励他继续为反对“骄虏”、光复“故国”而斗争。词的上片写景，描绘月夜登楼所见，境界壮阔，情调悲凉，暗喻局势艰难动荡，当权者醉生梦死，爱国志士孤立无援，国家已经处于危急存亡之秋。下片融情入景，对朝廷执行妥协投降政策，排斥抗战派，英雄无用武之地，表示无比悲愤。结尾处振悲起兴，希望李纲不要消极隐退，应当满怀豪情壮志，气冲霄汉，去夺取反侵略、反投降斗争的最后胜利。此词意境阔大，慷慨悲壮，大义凛然，标志着词从酒筵歌席、啼香怨粉的樊篱中挣脱出来，开始进入政治斗争的舞台，这是时代生活的巨变在文学创作领域里所引起的必然反响。

贺 新 郎

送胡邦衡谪新州〔1〕

张元干

梦绕神州路〔2〕。怅秋风、连营画角〔3〕，故宫离黍〔4〕。底事昆仑倾砥柱〔5〕，九地黄流乱注〔6〕，聚万落千村狐兔〔7〕？天意从来高难问〔8〕，况人情、老易悲难诉〔9〕。更南浦〔10〕，送君去。　凉生岸柳催残暑，

【茂松清泉】轴 局部 [明] 文徵明 中国台北故宫博物院藏 48－3

【茂松清泉】轴 局部 [明] 文徵明 中国台北故宫博物院藏 48-3

耿斜河[11]，疏星淡月，断云微度[12]。万里江山知何处？回首对床夜语[13]。雁不到，书成谁与[14]？目尽青天怀今古，肯儿曹、恩怨相尔汝[15]！举大白[16]，听金缕[17]。

【注释】

〔1〕胡邦衡：胡铨，字邦衡，号澹庵，庐陵（今江西吉安市）人。新州：今广东新兴县。

〔2〕神州：古代称中国为赤县神州，这里指中原沦陷区。

〔3〕画角：古代军中的号角，因饰有彩绘，故称“画角”。

〔4〕故宫：指北宋都城汴京（今河南开封市）的皇宫。离黍：《诗经·王风·黍离》首句曰：“彼黍离离。”黍，小米；离离，繁茂貌。旧说周王室东迁后，周大夫行役经过故都，见宫廷废墟上长满离离的禾黍，于是写此诗哀悼周王朝的衰落。后人常以“黍离”或“离黍”比喻乱世。

〔5〕底事：何事，为什么。昆仑倾砥柱：据《神异经》载，昆仑山上有一根铜柱，高入云天，称为天柱。《淮南子·天文训》说，共工与颛顼争帝位，怒触不周山，使天柱折断，造成天倾地陷的大难。又据《水经注·河水》载，黄河中流有山名砥柱。这里是合用昆仑天柱与

黄河砥柱的倾折，比喻北宋王朝的覆亡。

〔6〕九地：九州之地，遍地的意思。黄流乱注：黄河之水到处乱流，泛滥成灾，比喻金兵入侵给国家和人民造成的灾祸。

〔7〕狐兔：比喻金兵。

〔8〕天意：上天的旨意，暗指皇帝的意图。难问：难测，不可理解。

〔9〕人情老易悲难诉：谓人到老年，容易产生悲凉之感，难以向人倾诉。以上两句用杜甫《暮春江陵送马大卿公恩命追赴阙下》诗："天意高难问，人情老易悲。"

〔10〕南浦：泛指送别的地方。浦，水边。屈原《九歌·河伯》："送美人兮南浦。"江淹《别赋》："送君南浦，伤如之何！"

〔11〕耿：明亮。斜河：银河斜转，表示夜深。

〔12〕断云：片云。微度：慢慢地飘过。

〔13〕对床夜语：同宿夜话。白居易《雨中招张司业宿》："能来同宿否？听雨对床眠。"

〔14〕雁不到：大雁飞不到的地方。相传雁能传书，但到衡阳回雁峰便不再往南飞了。胡铨被贬广东新州，在衡阳以南，所以说是雁飞不到的地方。谁与：托谁给你呢？

〔15〕儿曹：儿辈。相尔汝：形容彼此你我相称，非常亲昵的样子。韩愈《听颖师弹琴》诗："昵昵儿女

语，恩怨相尔汝。”

〔16〕大白：酒杯名。

〔17〕金缕：《金缕曲》，《贺新郎》的别名。

【赏析】

宋高宗绍兴八年（1138），枢密院编修官胡铨上书反对朝廷议和投降，要求将秦桧等投降派斩首示众，以表示抗金的决心。结果反而被贬昭州，后因舆论反对，改监广州盐仓。绍兴十二年（1142）胡铨再次被贬新州。这时作者正寓居福州，当他听到这一消息后，满怀义愤，特意备酒为胡铨送别，并赋此词进行鼓励，以壮行色。

这是一首送别词，但不是表现男女之间的离愁别恨，也不是抒写一般的朋友情谊。全篇关合时事，表达了作者对国事的关切和对投降派的愤恨，是一首慷慨悲壮的政治抒情诗。词的上片，通过梦游中原，反映金兵入侵给祖国大地所带来的深重灾难。下片集中抒写临别时的依依难舍之情，勉励友人振作精神，继续和投降派进行斗争。词的时代气息很浓，反映了南宋初年小朝廷内部爱国和投降两种势力的激烈斗争，爱憎十分鲜明。在秦桧专权误国的时代，张元干敢于开风气之先，用长短句来抒发爱国激情，揭露和谴责投降派，这对促进南宋词风的变化无疑起了积极作用。

满　江　红

自豫章阻风吴城山作

张元干

春水迷天，桃花浪、几番风恶[1]。云乍起、远山遮尽，晚风还作。绿卷芳洲生杜若[2]，数帆带雨烟中落。傍向来、沙觜共停桡[3]，伤飘泊。　寒犹在，衾偏薄。肠欲断，愁难著。倚篷窗无寐[4]，引杯孤酌。寒食清明都过却，最怜轻负年时约[5]。想小楼、终日望归舟，人如削[6]。

【注释】

〔1〕桃花浪：亦称桃花水。旧历二三月春水涨，正值桃花开，故称。杜甫《春水》诗有“三月桃花浪，江流复旧痕”句。

〔2〕“绿卷”句：出自《楚辞·湘君》：“采芳洲兮杜若。”杜若，一香草名。绿卷，一作绿遍。

〔3〕沙觜：一端连陆地，一端伸入水中的带状沙滩。桡：桨，代指船。

〔4〕篷窗：船窗。

〔5〕年时约：指与家中约定春天返家。

〔6〕削：形容消瘦。

【赏析】

这首词写作者羁旅春晚思归。上片写晚春景色；下片以寒在、衾薄、肠断以表羁旅愁怀，结句以家人思念自己表示思归心切。全词情景交织，尾句巧妙的艺术构思，细致具体的描写，具有极高的审美价值。

石　州　慢

己酉秋，吴兴舟中作[1]

张元干

雨急云飞，惊散暮鸦，微弄凉月。谁家疏柳低迷[2]，几点流萤明灭。夜帆风使，满湖烟水苍茫，菰蒲零乱秋声咽[3]。梦断酒醒时，倚危樯清绝[4]。　　心折[5]。长庚光怒[6]，群盗纵横，逆胡猖獗。欲挽天河[7]，一洗中原膏血。两宫何处[8]？

塞垣祗长江[9]，唾壶空击悲歌缺[10]。万里想龙沙[11]，泣孤臣吴越[12]。

【注释】

〔1〕己酉：指宋高宗建炎三年（1129）。吴兴：今浙江湖州市。

〔2〕低迷：模糊的样子。

〔3〕菰（gū）蒲：均为浅水植物。菰，嫩茎可食，俗称茭白。蒲，即水杨，嫩蒲亦可食。

〔4〕危樯：很高的桅杆。

〔5〕心折：心碎，内心极为悲痛。

〔6〕长庚：即金星。我国古代把早晨出现于东方天空的金星叫做启明星，黄昏出现于西方天空的金星叫做长庚星。《史记·天官书》：“长庚，如一匹布著天，此星见，兵起。”

〔7〕天河：即银河。杜甫《洗兵马》：“安得壮士挽天河，净洗甲兵长不用。”

〔8〕两宫：指宋徽宗赵佶和宋钦宗赵桓，二人被金兵虏至北方。

〔9〕塞垣：边界。

〔10〕唾壶空击悲歌缺：承唾液的器具。刘义庆《世说新语》：“王处仲（敦）每酒后，辄咏‘老骥伏枥，志在千里，烈士暮年，壮心不已’，以如意打唾壶，壶口尽缺。”作者借用这个典故表示自己不能杀敌雪耻的

悲愤心情。

〔11〕龙沙：白龙堆沙漠，在今甘肃和新疆之间。这里指徽、钦二帝被囚禁的塞外之地。

〔12〕孤臣：孤立无助的臣子，作者自谓。吴越：古代的吴国和越国，今江苏、浙江一带。

【赏析】

建炎三年（1129）春天，金兵南侵，江北地区完全失守，高宗从扬州仓皇渡江南逃。秋天，作者避难南逃途经湖州，作此词。词的上片描写舟行途中所见秋夜凄迷残败的景色；下片写金人南侵，群盗纵横，中原沦陷，如今塞垣只隔长江，抒发激烈深沉的爱国之情。

临　江　仙

荼　蘼　有　感

张元干

莺唤屏山惊睡起，娇多须要郎扶〔1〕。荼蘼斗帐罢熏炉〔2〕。翠穿珠落索，香泛玉流苏〔3〕。　　长记枕痕销醉色，日高犹倦妆梳〔4〕。一枝春瘦想如初〔5〕。梦迷芳草路，望断素鳞书〔6〕。

【注释】

〔1〕睡起：一作睡觉。娇多：一作娇羞。须要：一作须索。

〔2〕荼蘼斗帐：绘有荼蘼花的斗帐。斗帐，小帐，因形如覆斗，故称。罢： 一作冷。熏炉：熏香炉。

〔3〕翠：鲜明。《汉语大词典》引宋王应鳞《困学纪闻 · 评诗》：“以鲜明为翠，乃古语。”珠落索：即一串串的珠子。落索，连串不断的样子。香泛：泛出香味。玉流苏：饰玉的流苏。流苏，用五彩羽毛或丝线制成下垂的穗子，这里指挂在帐额上的流苏。

〔4〕“长记”二句：意为丈夫在家时两人醉后酣睡，直至日高犹懒起梳妆。

〔5〕一枝春：指梅花，这里喻闺中少妇，意为瘦削如梅花。

〔6〕素鳞书：即鱼传尺素典。

【赏析】

荼蘼开花在谷雨后，时已晚春。这首词写暮春怀人。上片写闺中人回忆丈夫在家时的闺房生活；下片写闺中人独处的孤独凄苦，望音信而不来的失望和寂寞。

醉落魄

辛未九月望和答庆符

胡铨

百年强半，高秋犹在天南畔[1]。幽怀已被黄花乱。更恨银蟾，故向愁人满[2]。　招呼诗酒颠狂伴。羽觞到手判无算[3]。浩歌箕踞巾聊岸[4]。酒欲醒时，兴在卢仝碗[5]。

【注释】

〔1〕“百年”句：作者当时四十九岁，故如此称。百年，此指人一生。强半，大半，过半。天南畔：指在海南。

〔2〕银蟾：月亮。满：旧历十五满月。以月圆对比人不圆。词人贬官海南，与家人两别，故云。

〔3〕颠狂伴：指爱国志士们，也包括张伯麟在内。羽觞：古代一种酒器，作鸟雀状，左右形如两翼。一说插鸟翼于觞，促人速饮。判无算：意即大家酣饮无数。判，通拚，甘愿。

〔4〕箕踞：随意张开两腿坐着，形似簸箕，一种轻慢、不拘礼节的坐姿。这正是前面所写“颠狂伴”

的行为。但这里的表现实是内心忧愁极深的外在行为。聊：姑且。这里有随意之意。岸：将头巾冠帽上推，露出前额。

〔5〕卢仝碗：指饮茶。卢仝自号玉川子，喜茶，曾写《走笔谢孟谏议寄新茶》，又名《玉川茶歌》，与陆羽《茶经》齐名。

【赏析】

宋高宗绍兴二十一年（1151）。当时秦桧主和，签订和议，向金国称臣，排挤迫害爱国志士。张伯麟愤而在斋壁上题字："夫差，而（你）忘勾践之杀而父乎？"秦桧即下张于狱，捶楚无全肤，后流吉阳军。胡铨当时正贬官于此，即作此词。上片抒发对国事艰危的忧愤和不满，下片抒写与仁人志士们只能借酒茶暂解忧愁的情怀。

好事近

胡铨

富贵本无心，何事故乡轻别？空惹猿惊鹤怨〔1〕，误薜萝风月〔2〕。　囊锥刚

强出头来，不道甚时节[3]。欲命巾车归去[4]，恐豺狼当辙[5]。

【注释】

〔1〕猿惊鹤怨：指山中猿鹤都怪怨主人离去。孔稚珪《北山移文》："蕙帐空兮夜鹤怨，山人去兮晓猿惊。"

〔2〕薜（bì）萝：薜荔、女萝，两种植物名。古代隐士以为服饰。《楚辞·山鬼》："若有人兮山之阿，披薜荔兮带女萝。"

〔3〕囊锥：口袋里藏锥子。比喻有才能的人终将显露头角。这两句说，自己正准备像毛遂自荐那样出来用世，不料看错了时机，现在投降派当权，有志之士不能尽展其才。

〔4〕巾车：有帷幔的车子。

〔5〕豺狼当辙：即豺狼当道。暗指秦桧等人当权误国，迫害爱国志士。

【赏析】

此词是作者因上书反对秦桧议和投降，被贬新州时所作。词中怒斥豺狼当道，奸臣误国，朝廷黑暗，表达了爱国志士遭受打击和迫害的无比愤慨，是南宋初期反对以秦桧为代表的投降派的一曲慷慨激昂的战歌，洋溢着大义凛然、富贵不能淫、威武不能屈的斗争精神。

满　江　红

岳　飞

怒发冲冠，凭栏处、潇潇雨歇。抬望眼，仰天长啸，壮怀激烈。三十功名尘与土，八千里路云和月。莫等闲、白了少年头，空悲切。　　靖康耻[1]，犹未雪；臣子恨，何时灭。驾长车、踏破贺兰山缺[2]。壮志饥餐胡虏肉，笑谈渴饮匈奴血。待从头、收拾旧山河，朝天阙[3]。

【注释】

〔1〕靖康耻：指钦宗靖康二年（1127）京师和中原沦落，徽、钦二宗被掳往金国的奇耻大辱。

〔2〕贺兰山：在宁夏与内蒙交界处。这里借指金国的核心地。

〔3〕天阙（què）：皇宫，朝廷，这里指皇帝住的地方。

【赏析】

这是首千古传诵的豪放词名篇。全词如江河直泻，曲折回荡，激发处铿然作金石声。可以说，在我国古代诗歌中，没有一首像本词这样有着深远的社会影响。上片抒发作者满腔忠义的豪气。起句突兀，一“怒”字气壮山河，奠定全词昂扬的基调。“抬望眼”承“雨歇”而来，作者俯仰天地，一腔热血激荡浩气迸发，全从“长啸”中见。“三十”二句写自己的宏誓和决心。“莫等闲”二语已“为千古箴铭”，结句自勉与勉人，忠心之情溢于言表。下片抒写了作者重整山河的决心和报效君王的耿耿忠心。开头四个短句，三字一顿，一锤一声，裂石崩云，这种以天下为己任的崇高胸怀，令人扼腕。“驾长车”一句豪气直冲霄汉。在那山河破碎、士气低沉的时代，将是一种惊天地、泣鬼神的激励力量。“饥餐”、“渴饮”虽系夸张，却表现了诗人足以震慑敌人的民族的英雄主义气概。最后二句语调陡转平和，表达了作者报效朝廷的一片赤诚之心。肝胆沥沥，感人至深。

卜算子

咏梅

陆　游

驿外断桥边，寂寞开无主。已是黄昏独自愁，更著风和雨。　　无意苦争春，一任群芳妒[1]。零落成泥碾作尘，只有香如故。

【注释】

〔1〕群芳妒：借指打击作者的奸佞之徒。

【赏析】

这是首托物言志的咏梅词，作者以梅花象征自己的孤高与劲节。上片写梅花的遭遇。首句写开放在荒野，一似受到排挤；次句写“寂寞”，一似政治上的被孤立。“已是”二句写处境的艰难，不仅被孤立排挤，还受到风风雨雨的打击。这正是作者坎坷人生的写照。下片写梅花的品格。“无意”可见其光明磊落；“一任”更见其坦荡胸

怀，铮铮傲骨。最后二句写其孤芳清高、节操自持、绝不同流合污的高风亮节，无疑是作者在累遭打击下，孤高品性的象征和不怕挫折、决不屈服的倔强自白。在宋代的咏梅词中，是不可多得的精品佳作。

水调歌头

多景楼

陆　游

江左占形胜，最数古徐州[1]。连山如画，佳处缥渺著危楼[2]。鼓角临风悲壮，烽火连空明灭，往事忆孙刘[3]。千里曜戈甲，万灶宿貔貅[4]。　露沾草，风落木，岁方秋。使君宏放[5]，谈笑洗尽古今愁。不见襄阳登览，磨灭游人无数，遗恨黯难收[6]。叔子独千载，名与汉江流[7]。

【注释】

〔1〕江左：即江东，指长江从安徽芜湖至南京的东边今江苏一带。形胜：地形优越便利的地方。古徐州：指镇江。东晋南迁时曾以镇江为徐州治所，称南徐州。

〔2〕缥渺：若有若无的样子。著：通伫，伫立。危楼：高楼。指多景楼。

〔3〕鼓角：军中的鼓声、号角声。烽火：即战火。孙刘：三国时的孙权、刘备。孙权曾用招亲计骗刘备至此，后却赔了夫人又折兵。

〔4〕曜（yào）：照耀。万灶：古代兵制，十人为一火， 共灶为炊。这里形容兵多。貔貅（pí xiū）：传说中的一种猛兽，这里指勇猛的兵将。

〔5〕使君：古人对知府一级长官的尊称。这里指方滋。宏放：宏远豪放。

〔6〕襄阳登览：西晋大将羊祜镇守襄阳十余年，广储军粮，为晋朝灭吴作准备。他死后二年东吴果灭。祜生前常登襄阳岘山，感慨历来贤士登此山者皆湮没无闻。这里借写自己受压抑、壮志莫酬的不平之情。

〔7〕叔子：羊祜字。千载：指羊祜名垂千古。羊祜死后，襄阳百姓于岘山羊祜游憩之所建庙立碑，年年祭祀。人望其碑，无不堕泪，杜预称此碑为“堕泪碑”。汉江：即汉水，流经襄阳。

【赏析】

陆游陪同镇江知府方滋登楼游宴，有感而赋此词。全词借登临怀古，表达了作者希望为国建功立业的强烈爱国主义感情。

定风波

进贤道上见梅赠王伯寿

陆 游

敧帽垂鞭送客回〔1〕，小桥流水一枝梅。衰病逢春都不记，谁谓，幽香却解逐人来。 安得身闲频置酒，携手，与君看到十分开。少壮相从今雪鬓，因甚，流年羁恨两相催〔2〕。

【注释】

〔1〕敧帽：斜戴着帽子。

〔2〕雪鬓：头发斑白。流年羁恨：岁月和漂泊无成积聚的愤恨。

【赏析】

这首词写词人在送客的归途中，眼见满园春色而引发的对大自然的向往和爱恋，并表达出厌恶官场不愿与之同流合污的愤懑之情。

感　皇　恩

陆　游

小阁倚秋空，下临江渚。漠漠孤云未成雨〔1〕。数声新雁，回首杜陵何处〔2〕？壮心空万里，人谁许〔3〕？

黄阁紫枢，筑坛开府〔4〕。莫怕功名欠人做〔5〕。如今熟计，只有故乡归路。石帆山脚下，菱三亩〔6〕。

【注释】

〔1〕漠漠：云烟密布。

〔2〕杜陵：在长安城东南，秦时为杜县地，汉时为宣帝陵所在，故称。这里明指长安，实指汴京沦陷。

〔3〕人谁许：即无人赏识、信任。

〔4〕黄阁：宰相官署。紫枢：宋代戎服用紫色，故以紫枢指枢密院。这里指代宰相和枢密使，是宋代最高文武官吏。筑坛：汉高祖曾设坛拜韩信为大将，此用这一典故。开府：即开幕府，置僚属。在

宋代，高级行政区的军政长官有此权限。这里指代高级将相。

〔5〕功名：这里指上述高级职位。

〔6〕石帆山：指其归隐处，在会稽。菱三亩：代指躬耕生活。

【赏析】

这是作者离蜀东归以前，感叹壮志无成，抒发思念家乡心意的一首词作。词中既寄托了作者收复故国山河的强烈愿望，又表达了理想不能实现而只得消极归隐的愤怒和痛苦心情。

鹧　鸪　天

陆　游

家住苍烟落照间，丝毫尘事不相关。斟残玉瀣行穿竹〔1〕，卷罢黄庭卧看山〔2〕。　贪啸傲〔3〕，任衰残，不妨随处一开颜。元知造物心肠别〔4〕，老却英雄似等闲！

【注释】

〔1〕玉瀣：酒名。

〔2〕黄庭：即《黄庭经》，道家的一种经书。

〔3〕啸傲：谓言行自在，无所检束。

〔4〕造物：古时以为万物是天造的，故称天为“造物”。这里是借指当时的最高统治者。

【赏析】

此阕为作者闲居山阴故居时所作。词中通过放浪自适、与世无争生活的描写，抒发了壮志未酬、英雄无用武之地的苦闷情绪。前七句叙述闲适生活，后两句点明题旨，表达了词人对南宋统治者排斥爱国志士、坐失北伐良机的强烈不满。

水龙吟

春日游摩诃池[1]

陆游

摩诃池上追游路，红绿参差春晚。韶光妍媚，海棠如醉，桃花欲暖。挑菜初闲[2]，禁烟将近[3]，一城丝管。看金鞍争道，香车飞盖，争先占，新亭馆。 惆怅年华暗换[4]，黯锁魂、雨收云散。镜奁掩月，钗梁拆凤，秦筝斜雁[5]。身在天涯，乱山孤垒，危楼飞观。叹春来只有，杨花和恨，向东风满。

【注释】

〔1〕摩诃池：在成都蜀王宫中。

〔2〕挑菜：宋人以二月二日为挑菜节。

〔3〕禁烟：指寒食节，其日禁止烟火。

〔4〕年华暗换：岁月渐渐流逝。苏轼《洞仙歌》："又不道、流年暗中偷换。"

〔5〕秦筝斜雁：筝，传为秦时蒙恬所制，故称秦筝。筝有十三弦，每弦用一柱支撑，排列有序，如雁斜飞。

【赏析】

此阕是作者被迫离开南郑前线，来到成都以后写的。词人春日游览摩诃池，触物生情，对景感怀，挥笔写下了这首寄意遥深的感时抚事之作。上片叙述游园所见，下片抒写壮志难酬，含蓄深沉，情景交融，富有艺术感染力。

南乡子

陆游

归梦寄吴樯〔1〕，水驿江程去路长。想见芳洲初系缆〔2〕，斜阳。烟树参差认武昌。　愁鬓点新霜，曾是朝衣染御香〔3〕。重到故乡交旧少，凄凉。却恐他乡胜故乡。

【注释】

〔1〕吴樯：开往东吴去的船。樯，桅杆。代指船。

〔2〕芳洲：指鹦鹉洲，在武昌东北长江中。

〔3〕朝衣染御香：谓在朝中为官。朝衣：上朝拜见皇帝的官服。

【赏析】

这首词是淳熙五年(1178)秋，陆游离蜀东归舟过武昌时所作。上片描写归途行程和江上景色，下片抒发即将回到故乡时的感想。川陕九载，作者杀敌报国的理想未能实现，当年主张北伐的战友多已不在人世，如今独自归来，抚今思昔，不禁发出了“却恐他乡胜故乡”的慨叹。此词将羁旅乡愁和忧虑国事融合在一起，情景交融，意蕴较深，耐人寻味。

鹊 桥 仙

陆 游

华灯纵博[1]，雕鞍驰射，谁记当年豪举？酒徒一一取封侯，独去作、江边

渔父。　　轻舟八尺，低篷三扇，占断蘋洲烟雨[2]。镜湖元自属闲人[3]，又何必、君恩赐与[4]！

【注释】

〔1〕华灯纵博：在华丽的灯光下，玩博奕之类的游戏。

〔2〕占断：占尽。

〔3〕镜湖：在浙江会稽、山阴两县交界处，周遭三百余里，以水平如镜而出名。

〔4〕君恩赐与：唐贺知章告老还乡，玄宗曾赐给他镜湖剡川一曲。

【赏析】

这首词是陆游闲居故乡山阴时所作。词中通过早年军旅生活的豪举和晚年渔隐闲散生活的对比，表达了作者壮志未酬、壮心不已的深沉悲愤和对南宋统治者的强烈不满。

诉衷情

陆　游

当年万里觅封侯，匹马戍梁州[1]。关河梦断何处，尘暗旧貂裘[2]。　　胡未灭，

鬓先秋，泪空流。此生谁料，心在天山，身老沧洲〔3〕。

【注释】

〔1〕万里觅封侯：用东汉班超出使西域、立功塞外而封定远侯的典故。觅，寻求。戍：戍守，守卫。梁州：中国古代九州之一，辖地包括今陕西和四川部分地区。这里指陆游四十八岁时在汉中川陕宣抚使署衙任职期间的事。

〔2〕关河：关塞、河防。泛指边疆。梦断：梦醒。“尘暗”句：意为当年从军时所穿的貂皮衣服已经积满尘土，陈旧不堪。这里借表长期闲散没有机会建功立业。

〔3〕“心在”二句：概括了词人晚年生活和理想相矛盾的悲愤抑郁心情。天山，在今新疆境内，这里泛指抗金前线。沧洲，水滨之处，是隐者的居处。这里指绍兴镜湖三山一带词人隐居地。

【赏析】

这首词是作者退隐山阴故居以后所作。作者通过追忆当年从军戍边的壮举，抒发了壮志未酬、岁月虚度、英雄无用武之地的愤慨和不平。

秦楼月

范成大

楼阴缺，阑干影卧东厢月。东厢月，一天风露，杏花如雪。　隔烟催漏金虬咽[1]，罗帏黯淡灯花结[2]。灯花结，片时春梦，江南天阔。

【注释】

〔1〕金虬（qiú）：铜制的龙。装在漏壶上计时用。

〔2〕灯花：油灯灯芯的余烬，爆成花形，古人以为吉利。

【赏析】

范成大共有五首《秦楼月》（即《忆秦娥》），都抒写闺怨，这首最精彩。一般的怀人怨情，感情浓露，而本词却无一言怨愁，抒情婉曲。上片描写春天月夜景色。这是一个静谧的月夜，高楼掩映在绿荫之中，只露出一角；栏干的影子洒落地上。情调非常温馨。朗月中清风徐来，可一“露”字却露端倪，女主人公深夜不眠，独在月下痴情思念。可无一字直写。下片写回到楼内闺房的情影。首句的“催”和“咽”以及上片的“风”都是以动衬静，但多了暗暗的愁恨。“灯花结”，在“暗溪”的氛围中为之一振，于是有了后面梦到江南的慰藉，以夜月实景起，以春梦虚境止。静谧和温馨掩盖了淡淡的离愁，确别有风味。

秦楼月

寒食日湖南提举胡元高家席上闻琴〔1〕

范大成

湘江碧，故人同作湘中客。湘中客，东风回雁，杏花寒食。　　温温月到蓝桥侧〔2〕。醒心弦里春无极〔3〕。春无极，明朝残梦，马嘶南陌。

【注释】

〔1〕提举：官名。宋代以后设立主管专门事务的职官，即以提举命名，如提举常平、提举学事等。胡元高，未详。

〔2〕温温：柔和貌。蓝桥：在陕西蓝田县东南蓝溪上。相传其地有仙窟，为唐裴航遇仙女云英处。

〔3〕无极：无穷，无边。

【赏析】

此阕是作者赴任桂林，途经长沙，在友人家中作客，席间闻琴声有感而作。上片叙述在杏花开放的寒食节与故人聚会的情景。下片由琴声而联想到这次湘中作客仿佛来到了蓝桥仙境一样，结处谓明朝还得匆匆赶路，继续往南方去。这首小词好像一篇旅行日记，如果需要题目的话，可以题作“湘中纪事”。语言平淡素雅，读来亦颇有韵味。

水调歌头

范成大

细数十年事，十处过中秋[1]。今年新梦，忽到黄鹤旧山头[2]。老子个中不浅，此会天教重见，今古一南楼[3]。星汉淡无色，玉镜独空浮[4]。　敛秦烟，收楚雾，熨江流[5]。关河离合[6]、南北依旧照清愁。想见姮娥冷眼，应笑归来霜鬓，空敝黑貂裘[7]。酾酒问蟾兔，肯去伴沧洲[8]？

【注释】

〔1〕十处过中秋：范成大在《吴船录》卷下记此

次中秋有："十二年间十处见中秋……今年又忽至此，通计十三年间，十一处见中秋，亦可谓之游子……坐中亦作乐府一篇，俾鄂人传之。"其中"乐府一篇"即指这首《水调歌头》。

〔2〕黄鹤旧山头：即黄鹤山，在今湖北武昌西。传说仙人王子安曾乘黄鹤过此地。

〔3〕老子：即老夫，古人年长者常以此自称。个中：此中。南楼：古楼名，故址在武昌黄鹤山上。今不存。

〔4〕星汉：银河。玉镜：月亮。

〔5〕秦：泛指今陕西一带，词人从四川陕西前线来。楚：湖南湖北一带，这里指武昌。熨（yùn）：烫平。江：指长江。

〔6〕关河离合：指天下河山南北分裂。离合，这里偏指分裂。

〔7〕姮娥：嫦娥。空敝黑貂裘：语出《战国策·秦策一·苏秦始将连横》："书十上而说不行，黑貂之裘敝……去秦而归。"形容奔走连年，潦倒郎当，事业无成。

〔8〕酾（shī）酒：斟酒。蟾兔：这里指月亮。古代传说月中有蟾蜍、玉兔。沧洲：隐者所居之地。

【赏析】

这是一首中秋望月抒怀之词，写于淳熙四年（1177）中秋。这年五月作者因病离四川制置使任，乘舟东归。旧历八月十四日至鄂州（今湖北武昌），十五日晚赴知州刘邦翰设于黄鹤山上南楼的赏月宴会。这首词紧扣中秋赏月，抒写了作者对国家分裂、山河破碎的悲愁和归隐田园的快慰。

水调歌头

隐括杜牧之齐山诗

朱　熹

江水侵云影，鸿雁欲南飞。携壶结客，何处空翠渺烟霏。尘世难逢一笑〔1〕，况有紫萸黄菊〔2〕，堪插满头归。风景今朝是，身世昔人非。　　酬佳节，须酩酊〔3〕，莫相违。人生如寄，何事辛苦怨斜晖。无尽今来古往，多少春花秋月，那更有危机。与问牛山客，何必独沾衣〔4〕！

【注释】

〔1〕尘世：即人生。

〔2〕紫萸：即茱萸，一种有浓烈香味的植物。古俗，重阳节佩茱萸囊以去邪辟恶。

〔3〕酩酊：大醉貌。

〔4〕牛山：在山东淄博市临淄南。牛山客，指齐

景公。《晏子春秋·内篇谏上》："景公游于牛山，北临其国城而流涕曰：'若何滂滂去此而死乎！'艾孔、梁丘据皆从而泣。"

【赏析】

此阕为重阳登高之作。作者采用隐括体，也就是将前人题材相同或相近的作品加以改写、概括而成。这种体裁难成佳构，不宜提倡。朱熹此篇却能青出于蓝，在音韵、情调和意境方面均较原作有所创新，故备受人们赞赏，堪称隐括词中一首难得的佳作。所谓"杜牧之齐山诗"，即晚唐诗人杜牧的《九日齐山登高》诗。原诗全文为："江涵秋影雁初飞，与客携壶上翠微。尘世难逢开口笑，菊花须插满头归。但将酩酊酬佳节，不用登临恨落晖。古往今来只如此，牛山何必独沾衣！"杜牧此诗虽为名篇，但因其怀才不遇，忧患意识太重，对人生表现出一种感伤悲观的态度。朱熹虽袭用其词句，但所抒发的情怀以及对待人生的态度则有所不同，表现出较为乐观的精神境界，且富于哲理，颇堪玩味。

六州歌头

张孝祥

长淮望断[1]，关塞莽然平。征尘暗，霜风劲，悄边声，黯销凝。追想当年事，殆天数，非人力；洙泗上，弦歌地，亦膻腥[2]。隔水毡乡，落日牛羊下，区脱纵横[3]。看名王宵猎，骑火一川明，笳鼓悲鸣，遣人惊。　念腰间箭、匣中剑，空埃蠹，竟何成！时易失，心徒壮，岁将零，渺神京。干羽方怀远，静烽燧[4]，且休兵。冠盖使，纷驰骛，若为情。闻道中原遗老，常南望，翠葆霓旌[5]。使行人到此，忠愤气填膺，有泪如倾。

【注释】

〔1〕长淮：指淮河，当时为宋金的分界线。

〔2〕膻（shān）腥：指被敌人蹂躏。

〔3〕区（ōu）脱：匈奴语称边境屯戍或守望的土堡为区脱。

〔4〕烽燧（suì）：报警传讯的烽烟。白天举烟为燧，夜里燃火曰烽。

〔5〕翠葆霓旌：指皇帝的仪仗。翠葆，即翠羽，以鸟羽为饰的车盖。霓旌，像虹霓似的彩色的旌旗。

【赏析】

这首诗系作者任建康留守时作。据说在宴席上“赋此歌阕，魏公（张浚）为之罢席而入”。全词用“直陈其事”的笔法，再现这段历史，表达人民强烈的抗战愿望，斥责统治者投降屈服的罪行。上片写作者淮河边之所见所感。采用景物对比，来揭露和斥责朝廷的不思抵抗。前两句的景怵目惊心，朝廷撤了边防，野草与关塞一样平了，而敌方却“区脱纵横”；我方“悄边声”，敌方却“征尘暗”、“笳鼓悲鸣”；敌方“名王宵猎”，我方呢？妙在不说之中。中间“追想”的插入也属对比，具有强烈的讽刺意味。“殆天数”看似作解释，实则在斥责：敌人不该胜的胜了，我们不该败的败了，这“天数”岂非人为？下片慨叹报国无门的忠愤。“念”字一领七句，是回顾，更是现实。“渺神京”是必然的结果，也是作者爱国主义感情无依的深深叹惜。“干羽”三句是讽刺朝廷主和投降的政策。“冠盖”三句则是斥责求和的行为丑态。“闻道”三句则从中原遗民角度斥责。最后三句从行人角度斥责。陈廷焯评本词云：“张孝祥《六州歌头》一阕，淋漓痛快，笔饱墨酣，读之令人起舞。惟‘忠愤气填膺’一句提明，转浅、转显、转无余味。或亦耸当涂之听，出于不得已耶？”

【惠山煮泉图】轴 局部 ［明］钱穀 中国台北故宫博物院藏 48－4

【惠山煮泉图】轴 局部 ［明］钱榖 中国台北故宫博物院藏 48-4

还算中肯。但这一句不仅“提明”原因为述，更因为是恶无可恶之直呼。总之，全词将当时民族的、朝廷的、统治者与人民的种种矛盾作了形象的再现，更显示了爱国者那种崇高的民族精神，使本词的思想性和艺术性都达到了完美的统一，确实是豪放词作中不可多得的佳篇。

水调歌头

金山观月

张孝祥

江山自雄丽，风露与高寒。寄声月姊[1]，借我玉鉴此中看[2]。幽壑鱼龙悲啸[3]，倒影星辰摇动，海气夜漫漫[4]。涌起白银阙[5]，危驻紫金山[6]。　表独立[7]，飞霞佩[8]，切云冠[9]。漱水濯雪[10]，眇视万里一毫端[11]。回首三山何处[12]？闻道群仙笑我，要我欲俱还。挥手从此去，翳凤更骖鸾[13]。

【注释】

〔1〕月姊：指月中仙子嫦娥。

〔2〕玉鉴：玉镜、明镜，指月亮。

〔3〕幽壑：深沟。

〔4〕海气：指水上的雾气。漫漫：无边无际。

〔5〕白银阙：银白色的宫阙，谓月宫，代指月亮。

〔6〕紫金山：在南京市，这里指金山。

〔7〕表独立：高出尘表，独立山巅。

〔8〕飞霞佩：状似云霞的玉佩。

〔9〕切云冠：高冠名，见屈原《涉江》。

〔10〕漱水濯雪：谓徜徉于如冰似雪、洁白澄澈的月光里。漱、濯：都是洗涤的意思。

〔11〕眇视：小视。毫端：形容极其细微。

〔12〕三山：指古代传说中的海上三座神山，即蓬莱、方丈、瀛洲。

〔13〕翳（yì）凤：以凤羽做华盖。翳，用羽毛做的华盖。骖鸾：用鸾鸟驾车。骖，一车驾三马。

【赏析】

宋孝宗乾道三年（1167）三月，张孝祥游金山，写下了这首游仙味道颇浓的词作。词中通过描写秋夜壮丽奇幻的长江自然景象，抒发了作者潇洒出尘、飘然欲仙的情思，显示出其开阔的心胸和奇特的英气。

水调歌头

隐静山观雨

张孝祥

青嶂度云气，幽壑舞回风[1]。山神助我奇观，唤起碧霄龙[2]。电掣金蛇千丈，雷震灵鼍万叠[3]，汹汹欲崩空。尽泻银潢水，倾入宝莲宫[4]。　坐中客，凌积翠[5]，看奔洪。人间应失匕箸[6]，此地独从容。洗了从来尘垢，润及无边焦槁，造物不言功[7]。天宇忽开霁，日在五云东[8]。

【注释】

〔1〕嶂：形势高险像屏障的山峰。幽壑：深山沟。回风：旋风。

〔2〕碧霄龙：指碧霄泉。

〔3〕灵鼍（tuó）：借指鼓声。鼍，即扬子鳄，俗称猪婆龙，皮可张鼓，故代鼓。

〔4〕银潢：即银河。这里代指天空。宝莲宫：代指隐静寺。宝莲，佛像下的莲花座。

〔5〕凌：登上，越过。积翠：指青山，即隐静山。

〔6〕失匕箸：据《三国志 · 蜀书 · 先主传》：“先

主未出时，献帝舅车骑将军董承辞受帝衣带中密诏，当诛曹公。先主未发。是时曹公从容谓先主曰：‘今天下英雄，惟使君与操耳。本初之徒，不足数也。’先主方食，失匕箸。”后因用“失匕箸”比喻受惊失措。匕，勺子。箸，筷子。

〔7〕槁：枯干。造物：造物者，创造万物之神。

〔8〕霁：雨、雪停止，天放晴。日：代指皇帝。五云：五色瑞云，多作吉祥征兆。

【赏析】

这首词描写风起云涌、山雨欲来、电闪雷鸣、山洪瀑发的 壮观气势和作者坐观奔洪、从容不迫的神态，表现了词人心胸开阔乐观向上的精神。

念 奴 娇

过 洞 庭

张孝祥

洞庭青草，近中秋、更无一点风色。玉鉴琼田三万顷，著我扁舟一叶。素月分辉，明河共影，表里俱澄澈。悠然心会，妙处难与君说。　　应念岭表经年[1]，孤光自照，肝胆皆冰雪。短发萧骚襟袖冷，稳泛

沧浪空阔。尽挹西江〔2〕，细斟北斗，万象为宾客。扣舷独啸，不知今夕何夕。

【注释】

〔1〕岭海：指两广，其北有五岭，南有南海，故称。

〔2〕挹（yì）：舀。西江：指长江，中上游在洞庭湖以西，故称。

【赏析】

作者曾于乾道元年（1165）任广南西路经略安抚使，“治有声绩”。次年，“被谗言落职”，由桂林北归，经洞庭湖，写了这首词，表达自己虽遭打击却胸怀坦荡、泰然自若的处世态度。上片写洞庭月色的空明澄澈。首三句交代洞庭湖中秋月夜，“无一点风色”，便更见水月辉映的明朗。“玉鉴”一句在空明中更见坦荡寥廓；一叶扁舟置其间，不为显示渺小、而要映衬洞庭的“胸怀”。“素月”三句写天光水色通明澄沏的清奇壮美，妙在“表里俱澄澈”一句。这里不仅水天俱清，更有作者的表里俱清，审美的主体与客体浑然一体。这样坦荡的人生、玉洁冰清的人格，三万顷似的宽广胸襟也便上升到一个

极纯净的境界。末句点明“妙处难与君说”的其中奥妙，是一种最理智的人生真谛。下片抒发自己心似洞庭的澄彻之情。“应念”二句概括了这段遭遇，和“肝胆皆冰雪”的心志，比“一片冰心在玉壶”有更多的孤傲和自恃。“短发”一句写打击后的落魄，“稳泛”句表现宠辱皆忘、超然物外的豁达人生。“尽挹”三句，有李白似的超脱和豪放。最后化用苏轼文句回应中秋开头，以深沉的设问给人无限回味。

满 江 红

于 湖 怀 古

张孝祥

千古凄凉，兴亡事、但悲陈迹。凝望眼、吴波不动，楚山丛碧。巴滇绿骏追风远[1]，武昌云旆连江赤[2]。笑老奸、遗臭到如今[3]，留空壁。　边书静，烽烟息；通轺传[4]，销锋镝[5]。仰太平天子，坐收长策。蹙踏扬州开帝里，渡江天马龙为匹[6]。看东南，佳气郁葱葱[7]，传千亿。

【注释】

〔1〕巴滇绿骏：指晋明帝所乘的巴滇骏马。

〔2〕云旆：即云旗。谓绘有熊虎的旌旗。

〔3〕老奸：指企图篡夺司马氏政权的王敦。

〔4〕轺（yǎo）：古代轻便的小马车。

〔5〕镝（dí）：箭镞。

〔6〕渡江天马：西晋末年琅邪王司马睿与西阳、汝南、南顿、彭城四王一同渡江南下。后来司马睿称帝，在建康建立东晋王朝。当时童谣说："五马浮渡江，一马化为龙。"这里是指宋高宗赵构在汴京沦陷后渡江南下。

〔7〕佳气：祥瑞之气，王气。

【赏析】

此词作于孝宗乾道元年（1165）。本篇上片写登亭眺望，通过怀古，抒发兴亡之感。下片直陈时事，希望朝廷早定良策，确保宋室基业。当时宋金之间刚刚签订"隆兴和议"，战争暂时停歇，所以词中有"边书静，烽烟息；通轺传，销锋镝"之类的话，同时对即位不久的宋孝宗也有所颂扬。

水调歌头

冒大风渡沙子

李处全

落日暝云合[1]，客子意如何？定知今日，封六巽二弄干戈[2]。四望际天空阔，一叶凌涛掀舞[3]，壮志未消磨。为向吴儿道，听我扣舷歌。　　我常欲，利剑戟[4]，斩蛟鼍[5]。胡尘未扫，指挥壮士挽天河[6]。谁料半生忧患，成就如今老态，白发逐年多。对此貌无恐，心亦畏风波[7]。

【注释】

〔1〕暝云：傍晚的乌云。

〔2〕封六巽二：古代传说中的雪神和风神。

〔3〕一叶：小船。掀舞：指小船在波浪中颠簸。

〔4〕利剑戟：把宝剑和长矛磨得更锋利。

〔5〕鼍（tuó）：即扬子鳄，这里是借指敌人。

〔6〕天河：即银河。

〔7〕风波：双关语。既指江上的风涛波浪，也暗喻仕途险恶，朝政黑暗。

【赏析】

词人于一个严冬傍晚时分冒大风渡河，因见江上乌云翻滚，风雪交加，波涛汹涌，于是进而联想到当前险恶的国势，慷慨淋漓地写下这首词作。词由写景到抒情，既抒发了作者欲斩蛟鼍、扫胡尘、挽天河的壮志，也表达出壮志难酬、抱负未展而又报国无门、请缨无路的忧愤和爱国情怀，并反映出南宋小朝廷苟安求和、不图恢复的腐朽现实。

贺新郎

别茂嘉十二弟

辛弃疾

绿树听鹈鴂[1]，更那堪、鹧鸪声住[2]，杜鹃声切[3]。啼到春归无寻处，苦恨芳菲都歇。算未抵、人间离别。马上琵琶关塞黑，更长门、翠辇辞金阙。看燕燕，送归妾。　　将军百战身名裂，向河梁、回头万里，故人长绝。易水萧萧西风冷，满座衣冠似雪。正壮士、悲歌未彻。啼鸟还知如许恨，料不啼清泪长啼血，谁共我，醉明月。

【注释】

〔1〕鹈鴂（tí jué）：鸟名，鸣于暮春。

〔2〕鹧鸪：鸟名，鸣声凄切。

〔3〕杜鹃：鸟名，相传为古蜀帝所化，鸣声哀切。

【赏析】

这是一首极负盛名的送别词。辛茂嘉是作者族弟，他南归宋室本为北伐抗金，结果反被贬到更南的广西。因此本词非一般赠别，而是借题发挥，抒国家兴亡之感。写法也很特别，真正切题的只末了一句。这更值得揣摩了。开头三句列举三鸟啼鸣悲切起来，哀叹大好春光的消失。“算未抵”一笔转过，对比人间离恨。上片举汉王昭君出塞，陈皇后被贬，厉妫归国，三位女子红颜薄命的恨事。下片又接写李陵、荆轲两位失败英雄的悲剧。周济在《宋四家词选》中说：“上半阕北部旧恨，下半阕南渡新恨。”不无道理，但太机械。前段后段已无界限而浑然一体。引用历史人物的故事，来暗讽南宋朝廷对敌妥协的政策，寄寓自己壮志难酬的凄怆。陈廷焯评本词“沉郁苍凉，跳跃动荡，古今无此笔力”。虽多溢美，但亦中肯。

念 奴 娇

书东流村壁

辛弃疾

野棠花落[1]，又匆匆过了清明时节。划地东风欺客梦[2]，一夜云屏寒怯。曲岸持觞[3]，垂杨系马，此地曾经别。楼空人去，旧游飞燕能说。　　闻道绮陌东头[4]，行人曾见，帘底纤纤月[5]。旧恨春江流不断，新恨云山千叠。料得明朝，尊前重见，镜里花难折。也应惊问，近来多少华发？

【注释】

〔1〕野棠：野生的棠梨。

〔2〕划地：无端，只是。

〔3〕曲岸持觞（shāng）：即曲岸流觞。

〔4〕绮陌：原指纵横交错的道路，宋人亦用以指花街柳巷。

〔5〕纤纤月：这里借代美人。

【赏析】

此词当作于淳熙五年（1178）春，作者自江西召为大理少卿，清明前后赴临安途经东流村时作。回忆曾经在此地的一段艳遇，如今人去楼空，无限惆怅，因而感慨万端。上片写旅途的凄寂，和对往事的回忆。前两句点明季节，那本是恋情骤发的时光。次二句抒发孤馆的寂寞，由此回忆起刚才经过的地方，那时正是“曲岸持觞”的节日，自己“垂杨系马”，有了一段欢乐的旧事。现在人去楼空，倍增孤馆的凄情。下片写对旧日恋人的思念及寻觅不见的惆怅。“闻道”三句写传闻中女子的身份。次二句写今日的怅恨。旧恨由于轻别而不能久长；新恨由于人去楼空，往事不堪回首。“料得”以下，全是无可奈何中的幻想，聊以自慰而已。最后以平添的华发作结，给人无限伤感。全词将所见、所闻、所思、所盼交错抒写，形成浓重的怅恨氛围。

汉宫春

立春

辛弃疾

春已归来，看美人头上，袅袅春幡。无端风雨，未肯收尽余寒。年时燕子，料今宵，梦到西园[1]。浑未办、黄柑荐酒，更传青韭堆盘？ 却笑东风，从此便熏梅染柳，更没些闲。闲时又来镜里，转变朱颜。清愁不断，问何人，会解连环？生怕见，花开花落，朝来塞雁先还。

【注释】

〔1〕西园：原是汉上林苑的别称，这里借指京都园林。

【赏析】

这首词从内容上看，当作于南渡之后及作者对朝廷失望之后。辛词常在竭力描摹物景抒发情感的同时，还蕴含着另一种与之相似的境界和情思，似有两重的主题。这首写立春情景和自己感怀的词很有代表性。作者写惜春、恋春。抒发春怨的同时，借

以抒发功业无成的苦闷和对北方故国的思念，同时也隐晦地表示了对统治者苟安江南的不满。上片写立春的景象和今不如昔的感慨。开头三句点题，立春很欢乐。次二句“无端”递转，“未肯”似在说，别忘了余寒未收，借讽偏安再妙不过了。“年时”二句更以燕子的遭遇，指明汴京陷落的现实。末二句从立春的无心绪和凄苦生活角度，抒发春怨的两重主题。下片再推进一层，“都笑东风”忙于梅柳，讥讽更加形象而明朗。“闲时”还笑到将来的他们愧对人生，写得深沉。“清愁”则是写自己报国无门的悲哀了。最后写大雁先我回归北方而自叹。感情凄怆沉咽，激烈情怀却描述以婉曲，便更能感人肺腑。

贺新郎

赋琵琶

辛弃疾

凤尾龙香拨，自开元《霓裳曲》罢，几番风月。最苦浔阳江头客，画舸亭亭待发。记出塞、黄云堆雪。马上离愁三万里，望

昭阳宫殿孤鸿没。弦解语，恨难说。　辽阳驿使音尘绝，琐窗寒、轻拢慢捻，泪珠盈睫。推手含情还却手，一抹《梁州》哀彻。千古事、云飞烟灭。贺老定场无消息，想沉香亭北繁华歇，弹到此，为呜咽。

【赏析】

这是首著名的咏物抒怀词。其章法技巧与“别茂嘉十二弟”一曲相似。借说琵琶故事，来抒发国家兴亡和个人失意的感叹。上片用三个有关琵琶的典故来议论和抒情。杨贵妃的琵琶弹走了盛唐的繁华，从此国运衰微。白居易听琵琶，感受被迁谪的悲凉（作者当时在江西任安抚使被无故罢官，何其相似乃尔）。王昭君手抱琵琶出塞是朝廷的屈辱（当然历史又另作别论）；“望昭阳”三字更有所指，她是普通宫女，走就走了，汉家宫殿与她何干（这该是徽、钦二帝被俘北去的“望”吧）？结句恨难说，家事、国事，身前、身后事，真的从何说起呢！下片借思妇弹琵琶表达对辽阳征人的思念，抒发对北

国的怀念。首先暗喻辽阳的陷落，引起思妇的哀怨。她弹《梁州》不仅因为它乐曲音调激越，更是因它在北方，这才声音哀彻。最后以回忆唐朝琵琶高手贺老和沉香亭中玄宗与贵妃玩赏的故事作结，借以“呜咽”宋朝的衰亡。

水龙吟

登建康赏心亭

辛弃疾

楚天千里清秋，水随天去秋无际。遥岑远目，献愁供恨，玉簪螺髻。落日楼头，断鸿声里，江南游子，把吴钩看了[1]，栏干拍遍，无人会、登临意。　休说鲈鱼堪脍，尽西风、季鹰归未？求田问舍，怕应羞见，刘郎才气。可惜流年，忧愁风雨，树犹如此。倩何人唤取，红巾翠袖[2]，揾英雄泪[3]。

【注释】

〔1〕吴钩：一种弯形的刀，因先是吴王阖闾命造，故称。

〔2〕红巾翠袖：指歌女。

〔3〕揾（wèn）：指拭。

【赏析】

这首词是宋词中的不朽之作。作者来建康前后，一直备受压制，那报国无门、壮志难酬的一腔悲愤全倾注于词中。上片写景，高远寥廓；景中寓情，沉郁悲壮。首二句写秋意高远开阔，创造抒情的博大背景。次二句写山河之美反引起愁怀，点明愁恨的原因：它已沦陷异族了。“落日”六句意境悲凉，似心平气和却壮怀激烈、悲愤填膺。“看”、“拍”十分传神。下片由写景抒情转到言志与悲叹。接连用了三个典故：引季鹰故事，表明自己早已以身许国；引许汜故事，表明自己不屑为个人利益而不顾国家风雨飘摇；“树犹如此”是桓温北伐路上对流光飞逝之叹，作者亦引以表达自己功业未建年华虚度的感慨。抒情述志曲折而坚定。最后悲愤之情无法压抑，只能作英雄末路之叹。“揾英雄泪”，读之令人泣血。

永遇乐

京口北固亭怀古

辛弃疾

千古江山，英雄无觅、孙仲谋处[1]。舞榭歌台，风流总被、雨打风吹去。斜阳草树，寻常巷陌，人道寄奴曾住[2]。想当年，金戈铁马，气吞万里如虎。　　元嘉草草，封狼居胥，赢得仓皇北顾。四十三年，望中犹记、烽火扬州路。可堪回首、佛狸祠下，一片神鸦社鼓。凭谁问，廉颇老矣，尚能饭否？

【注释】

〔1〕孙仲谋：孙权字仲谋，三国时东吴国主。他曾在京口建立吴都，并打败来自北方的曹操军队。

〔2〕寄奴：南朝宋武帝刘裕的小名。他的祖先由北方移居京口。刘裕在这里起事，最后建立政权。

【赏析】

此词作于宁宗开禧元年（1205），当时作者被韩侂胄起用为镇江知府，以作抗金旗帜。但韩好大喜功草率行事。作者为此向宁宗和韩侂胄提出有益的建议，结果招致韩等的忌疑，不仅不委以重任，后面还借故把他调离镇江。作者是怀着深重的忧虑和一腔悲愤写这首词的。上片赞扬在京口建立霸业的孙权和率军北伐、气吞胡虏的刘裕，表示要像他们一样金戈铁马为国立功。这里，对孙、刘的创业、开拓的英雄业绩的缅怀与歌颂，正是对朝廷中主战派的期望和投降派的讽刺。而在“英雄无觅”与“雨打风吹去”的叹惜中，不仅见作者对他们的仰慕，而且也隐含自己也想如孙、刘一样挥戈北伐的救国心情。下片借讽刺刘义隆表明自己坚决主张抗金但反对冒进误国的立场和态度。最后还借廉颇自况，抒发未能实现自己怀抱的感慨。当时作者已66岁高龄了，南归也已四十三年，可朝廷昏庸，王佐无人。不是和议投降，就是轻敌误国。国事糜烂，金瓯残缺，自己壮志难酬而老大无为，怎不令人悲愤。本词的抒发感慨连连用典，中间稍加几句抒情性议论以见精神，不仅体现了辛词好用典的特点，也可窥见“词论”的风格。这些典故不仅是形象说理，而且都英豪壮烈或惨痛警策，豪壮中略见悲凉，读之令人拍案。

木兰花慢

滁州送范倅

辛弃疾

老来情味减，对别酒，怯流年。况屈指中秋，十分好月，不照人圆。无情水、都不管，共西风、只管送归船。秋晚莼鲈江上，夜深儿女灯前。　　征衫，便好去朝天，玉殿正思贤。想夜半承明[1]，留教视草[2]，却遣筹边。长安故人问我：道愁肠殢酒只依然[3]。目断秋霄落雁，醉来时响空弦。

【注释】

〔1〕承明：汉代宫中有承明庐，用作侍臣轮流值班时住宿的地方。

〔2〕视草：为皇帝拟制诏书之稿。

〔3〕殢（tì）酒：沉溺于酒。

【赏析】

这首词作于乾道八年（1172）滁州（今属安徽）任上，为送他的同事范昂赴京城临安而作。辛弃疾南归后多年辗转后方州县，始终不得重用，内心非常悲愤。于是在送别好友的时候，表达了自己有志难伸的感怆。上片写惜别之情和流光虚度之叹。起句“老来”突兀，须知此时他才三十三岁，但一想南归至今正好十年，抗金复国之志一直不得伸展，往日之愿如此遥远，“老”的感觉也便自然了。“怯流年”也是这个意思。下面“况”字一转，又回到送别，表达依依之情，并为范昂能叙天伦之乐而高兴。下片寄托自己感慨之情。先以想像抒怀，羡慕范昂能到朝廷辅佐君王、做许多实事，是寄托也是勉励。“长安”句看似自谦，却是现实境况。最后用典收笔出人意料，更令人心酸。全词运用对比的手法寄托情怀，从“怯”开始，到“况”一进，再“只管”一恨；到下片“便好”到“问我”到“醉来”，层层相催，逼人欷歔叹惋。即使抒离情也气势豪放。

沁 园 春

带湖新居将成

辛弃疾

三径初成，鹤怨猿惊，稼轩未来〔1〕。甚云山自许，平生意气，衣冠人笑，抵死尘埃〔2〕。意倦须还，身闲贵早，岂为莼羹

鲈鲙哉[3]。秋江上，看惊弦雁避[4]，骇浪船回。　　东冈更葺茅斋，好都把轩窗临水开[5]。要小舟行钓，先应种柳，疏篱护竹，莫碍观梅。秋菊堪餐，春兰可佩，留待先生手自栽[6]。沉吟久，怕君恩未许，此意徘徊[7]。

【注释】

〔1〕三径：指隐居者家园。鹤怨猿惊：化用孔稚珪《北山移文》句意："蕙帐空兮夜鹤怨，山人去兮晓猿惊。"予物以人情，表达自己归隐心情。

〔2〕甚：正是。云山自许：以归隐云山期许自己。衣冠：指为官者。古代士以上戴冠，庶人包巾，衣冠连称，是古代士以上人的服装。抵死：执迷不悟。尘埃：指污浊的红尘，此指官场。

〔3〕莼（chún）羹鲈鲙（kuài）：美味。莼，莼菜，多年生水草，叶子椭圆形，浮生在水面上，开暗红色小花。茎叶可做汤吃。羹，蒸或煮成汁状、糊状、冻状的食品。鲈，鲈鱼。鲙，鲙鱼，即鳓鱼。

〔4〕惊弦雁避：即惊弓之鸟。语出《战国策·楚策》，更羸与魏王立京台（高台）下仰见飞鸟，更羸说："臣为王引弓虚发而下鸟。"当时，有雁从东方飞来，他果然虚发而雁掉了下来。魏王问其故，更羸回答说：此箭伤未愈的孤雁，闻弓响而欲高飞，以致伤口破裂，

应声而下。这表现了词人忧谗畏讥的心理，进一步表达了急切归隐的真实思想。

〔5〕葺（qì）：用茅草覆盖房子。斋：书房或学舍。轩窗：门窗。

〔6〕“秋菊”二句：语出屈原《离骚》“朝饮木兰之坠露兮，夕餐秋菊之落英。”喻像屈原一样志行高洁。

〔7〕君恩未许：实指自己壮志未许。表达了欲隐不忍的复杂心情。此意：指隐居的念头。

【赏析】

本词作于淳熙八年（1181）秋。当时词人任江西安抚使。本词即作于新居即将落成之际。上片表达了词人正为急流勇进还是急流勇退而矛盾的心境；下片则层层描叙了带湖新居的清幽景色，既体现出词人对园林艺术的美学情趣，又表现了词人高洁的品格。全词隐含思归之意及归隐之乐，但“壮志未许”欲隐不忍的复杂心情。

沁园春

将止酒，戒酒杯使勿近。

辛弃疾

杯，汝来前，老子今朝，点检形骸[1]。甚长年抱渴，咽如焦釜；于今喜睡，气似奔雷[2]。汝说刘伶，古今达者，醉后何妨死便埋[3]。浑如此，叹汝于知己，真少恩哉[4]。　更凭歌舞为媒，算合作人间鸩毒猜[5]。况怨无大小，生于所爱；物无美恶，过则为灾[6]。与汝成言，勿留亟退，吾力犹能肆汝杯[7]。杯再拜，道“麾之即去，招则须来[8]”。

【注释】

〔1〕汝：你，此将杯拟人化，含有命令之意。老子：老夫、老人，词人自称。点检：检点，检查。形骸：身体，形体。

〔2〕甚：为什么。抱渴：指嗜酒成瘾，患酒渴病，酒后胸口发烧，口中干渴。釜：锅。气似奔雷：鼾声如雷。

〔3〕刘伶：字伯伦，晋人。达者：通达之人。指像刘伶这样逃避现实纵酒放纵的知识分子。

〔4〕浑如此：竟然如此。浑，糊涂；不明事理。知己：指嗜酒之人。少恩：指酒醉人于死。

〔5〕“更凭”二句：意谓酒借歌舞助兴，过量饮酒，对人毒害有如鸩毒。媒，媒介。指歌舞能助酒兴。合，应该。人间，《全宋词》作平居，从他本改。鸩（zhèn）毒，鸩的羽毛有剧毒，用之浸酒，人饮即死。鸩，传说中一种黑身赤目的毒鸟。猜，看，看待。

〔6〕生于所爱：怨恨往往由于爱而引发。过：过度。

〔7〕成言：约定、议定。亟退：尽快走开。肆：指犯人被处死后陈列于朝市。

〔8〕麾（huī）：同挥。

【赏析】

这是一首戒酒词，作于庆元二年（1196）。词中采用主客答问的方式，以杯为客，打破上下片换意定格的格式，从开头到“吾力犹能肆汝杯”乃层层深入，斥责酒之危害，尽诉因愁饮酒，因酒得病，欲止酒又意有所不能的矛盾心情；最后三句，酒杯作答，一副悉听安排、唯唯喏喏的样子。这充分体现了作者作词不拘一格的特点。词中作者流露出“英雄无用武之地”而终日以酒解愁的政治失意的苦闷。

满江红

题冷泉亭

辛弃疾

直节堂堂[1]，看夹道、冠缨拱立[2]。渐翠谷、群仙东下，佩环声急[3]。谁信天峰飞堕地，傍湖千丈开青壁[4]。是当年、玉斧削方壶，无人识[5]。　山木润，琅玕湿[6]；秋露下，琼珠滴。向危亭横跨，玉渊澄碧[7]。醉舞且摇鸾凤影，浩歌莫遣鱼龙泣[8]。恨此中、风物本吾家，今为客[9]。

【注释】

〔1〕直节堂堂：形容松竹劲直挺拔。

〔2〕冠缨：帽带，借指官吏。

〔3〕佩环：佩带和玉环，古人衣装上的饰物。

〔4〕天峰：指飞来峰。传说东晋时中天竺国（今印度）僧人慧理来到这里，说此峰是中天竺国灵鹫山的

小岭，不知何时飞来此处。飞来峰由此得名。青壁：青色的石壁，指飞来峰。

〔5〕方壶：神话传说中的海上仙山。

〔6〕琅玕（láng gān）：一种像玉一样美丽的石头。

〔7〕危亭：高亭，指冷泉亭。玉渊：指冷泉积水形成的深潭。

〔8〕鸾凤：传说中两种美丽的神鸟，古人常用来比喻贤俊之士。

〔9〕风物：风光、景物。

【赏析】

本篇作于宋孝宗乾道七年（1171），时辛弃疾在杭州任司农寺主簿。上片用拟人手法描写西湖灵隐寺一带景物，形象生动逼真。“谁信天峰飞堕地”以下四句，否定了关于飞来峰的旧说，表现了作者热爱祖国山河的自豪感。下片寓情于景，写登上冷泉亭后的见闻和感想。结拍两句“恨此中风物本吾家，今为客”，点明题旨，寓意很深，寄托了词人要求收复中原、统一国土、重返故乡的爱国之情。

满 江 红

江行，简杨济翁、周显先[1]

辛弃疾

过眼溪山[2]，怪都似、旧时曾识。还记得、梦中行遍，江南江北。佳处径须携杖去[3]，能消几两平生屐[4]？笑尘劳、三十九年非，长为客。　吴楚地[5]，东南坼[6]；英雄事，曹刘敌[7]。被西风吹尽，了无尘迹[8]。楼观才成人已去[9]，旌旗未卷头先白[10]。叹人间、哀乐转相寻[11]，今犹昔。

【注释】

〔1〕简：书信。这里是寄的意思。

〔2〕过眼：从眼前掠过。

〔3〕佳处：风景优美的地方。径须：直须。

〔4〕几两：几双。屐（jī）：一种有齿的木鞋，古人登山时所穿。

〔5〕吴楚地：指春秋时吴国和楚国的地方，大约在今江苏、浙江、安徽、江西、湖北、湖南一带。

〔6〕坼（chè）：分开。杜甫《登岳阳楼》诗："吴

楚东南坼，乾坤日夜浮。”

〔7〕曹刘：曹操和刘备。敌：匹敌、对手。

〔8〕了无：毫无。尘迹：遗迹。

〔9〕楼观：楼台亭阁。苏轼《送郑户曹》诗：“楼成君已去，人事固多乖。”

〔10〕旌旗未卷：旗帜尚未收，指战事还没有完结。

〔11〕转相寻：互相转换代替。

【赏析】

淳熙五年（1178）春，辛弃疾由南昌调往杭州，任大理少卿。同年秋，又被派往武昌为湖北转运副使。途中他曾在扬州会晤杨济翁和周显先，且写词互相唱和。离开扬州后，作者在船上写成此阕，寄给杨、周二位友人。自淳熙三年（1176）以来，在两年多的时间里，辛弃疾先后五次调动职务，来去匆匆，很难有所建树，内心十分苦闷。这首词即景生情，抒发了仕途坎坷、壮志难酬的忧愤。上片慨叹人到中年，岁月蹉跎，行踪不定，倦于宦游，不如归卧溪山，落得清闲自在。下片缅怀古代英雄，感叹自己得不到信任和重用，难以为国建功立业。“楼观才成人已去，旌旗未卷头先白”，表达了对南宋统治集团压抑和扼杀爱国志士的愤慨。

霜天晓角

赤　壁

辛弃疾

雪堂迁客[1]，不得文章力[2]。赋写曹刘兴废，千古事，泯陈迹[3]。　　望中矶岸赤[4]，直下江涛白。半夜一声长啸，悲天地，为予窄。

【注释】

〔1〕雪堂：苏轼贬居黄州时所建，又名两赋堂。迁客：被贬谪之人，指苏轼。

〔2〕不得文章力：文章虽然写得好，却无济于事。刘禹锡诗："一生不得文章力，百口空为饱暖家。"

〔3〕泯（mǐn）：消灭。

〔4〕矶：水边突出的岩石。这里是指赤鼻矶。

【赏析】

赤壁此指赤鼻矶，在黄州（今湖北黄冈县）城西门外。苏轼贬居黄州时常游此地，写下了前、后《赤壁赋》和《念奴娇·赤壁怀古》等名篇。这首词是辛弃疾在湖北任职期间写的。作者游览赤壁，缅怀苏轼，抒发了壮志难酬的悲愤。辛弃疾和苏轼都有远大的抱负而不得施展，他们所处的时代虽然不同，但境遇相似，思想感情也有很多相通之处。此阕结拍“半夜一声长啸，悲天地，为予窄”与李白的“大道如青天，我独不得出”一样，表达了对封建社会有理想、有才能的志士受压抑、遭排斥的不平之情。

水调歌头

盟鸥

辛弃疾

带湖吾甚爱[1]，千丈翠奁开[2]。先生杖屦无事[3]，一日走千回。凡我同盟鸥鹭，今日既盟之后，来往莫相猜[4]。白鹤在何处？尝试与偕来[5]。　破青萍，排翠藻，立苍苔[6]。窥鱼笑汝痴计，不解举吾杯。废沼荒丘畴昔[7]，明月清风此夜，人世几欢哀？东岸绿阴少，杨柳更须栽。

【注释】

〔1〕带湖：一个形如长带的小湖，在今江西上饶市北郊灵山下。淳熙八年（1181），辛弃疾在这里建了一座住宅，取名“稼轩”，被罢官后长期闲居于此。

〔2〕翠奁：比喻绿色的镜匣。

〔3〕杖屦：手杖和麻鞋，此处指在湖边扶杖漫步。

〔4〕“凡我”三句：大意为凡是和我订立盟约的沙鸥、白鹭，今天我们既然结为盟友，以后来往时就不要互相猜疑了。《左传·僖公九年》：“齐侯盟诸侯于葵丘曰：‘凡我同盟之人，既盟之后，言归于好。’”

〔5〕偕来：同来。

〔6〕青萍：浮萍的一种，叶面与背面均为绿色。翠藻：即绿藻，藻类的一种，生于水中或潮湿地带。苍苔：即青苔。

〔7〕废沼荒丘：废弃的池塘、荒芜的山丘。畴昔：从前，过去。

【赏析】

“盟鸥”，谓与鸥鸟订盟，同住水云乡里，指退隐而言。此词大约作于淳熙九年（1182）。淳熙八年（1181）十二月，辛弃疾被弹劾罢官，不久即由南昌来到上饶带湖新居，开始退闲生活。作者的隐居并非出于自愿，他和那些忘情于世、回避现实的隐士不同，内心充满了矛盾和苦闷。这首词所表现的正是这种复杂的思想感情。词人一方面以悠闲

【洗桐图】轴 局部 ［明］钱穀 中国台北故宫博物院藏 48－5

【洗桐图】轴 局部 ［明］钱榖 中国台北故宫博物院藏 48－5

的笔调，描述归隐带湖的生活；另一方面又情不自禁地流露出难以言状的寂寞与悲哀。他有心与鸥鹭结盟，但鸥鹭却只知“窥鱼”，毫不理解自己；他本想有所作为，可如今却两手闲着，只能到带湖东边去栽杨柳。作者借此词表现出英雄无用武之地的抑郁和愤懑。

清 平 乐

独宿博山王氏庵[1]

辛弃疾

绕床饥鼠，蝙蝠翻灯舞。屋上松风吹急雨，破纸窗间自语。 平生塞北江南[2]，归来华发苍颜[3]。布被秋宵梦觉，眼前万里江山。

【注释】

〔1〕博山：今江西广丰县西南。庵：草屋。

〔2〕塞北：一称塞外。旧指外长城以北地区。这里是泛指中国的北方。

〔3〕华发苍颜：鬓发花白，容颜苍老。

【赏析】

一个风雨如晦的秋夜，辛弃疾投宿于博山之下一户姓王的人家。这儿只有几间破旧的小茅屋，屋后是一片松林，环境十分荒凉冷落。词人心潮起伏，百感交集，于是在孤灯之下，写成了这首寄慨遥深的小令。上片描绘环境，渲染气氛。下片头两句回忆作者当年与金兵浴血奋战，为北伐奔走呼号，足迹遍及大江南北；如今被弹劾罢官，退居农村，闲着双手，抱负难以施展，不知不觉头发花白，容颜苍老，已经到了暮年。结拍两句画龙点睛，是全篇的核心，充分表现了词人虽处逆境仍念念不忘中原万里河山的伟大情怀。此词感情浓烈，语言平淡，纯用白描，环境气氛的渲染非常出色，对主人公的心理描写和形象刻画十分成功，具有很强的艺术感染力。

满 江 红

辛弃疾

倦客新丰，貂裘敝、征尘满目[1]。弹短铗、青蛇三尺，浩歌谁续[2]？不念英雄江左老，用之可以尊中国[3]。叹诗书、万卷致君人，番沉陆[4]。 休感叹，年华促[5]。人易老，欢难足。有玉人怜我，为簪黄菊[6]。且置请缨封万户，竟须卖剑酬

黄犊[7]。叹当年、寂寞贾长沙，伤时哭[8]。

【注释】

〔1〕倦客：指倦于宦游，在宦途中不得志的人。新丰：旧县名，今陕西临潼县东北。此指马周。据《新唐书·马周传》载：马周早年不得志，生活贫困潦倒，曾客居新丰。后因代人呈事，得太宗赏识，任监察御史，后至中书令。貂裘敝：指苏秦以连横游说秦王不成之事。《战国策·秦策》：“苏秦说秦王，书十上而说不行，黑貂之裘敝，黄金百斤尽，资用乏绝，去秦而归。”敝，破旧。

〔2〕弹短铗（jiá）：弹剑。用冯谖事。冯谖到孟尝君门下作客不受重视，曾三次倚柱弹剑高歌“长铗归来乎，食无鱼……”以表不满，后得到重用。青蛇，此喻剑。

〔3〕江左老：老死江南。尊中国：使中国国强位尊，免受凌辱。尊，使动用法。

〔4〕致君人：辅助君王，为君王出谋献策。番：反而。沉陆：即陆沉。指无水而沉，隐居。此以东方朔陆沉金马门之事，指人才被埋没。

〔5〕年华：时光、年岁。促：时间紧迫。

〔6〕玉人：代指歌姬。化用苏轼《千秋岁·徐州重阳作》：“美人怜我老，玉手簪黄菊。”

〔7〕请缨：主动请求杀敌立功。万户：即万户侯。

酬黄犊：此出自《汉书·龚遂传》，指龚遂见齐人奢侈，劝儿卖剑买牛，卖刀买犊务农桑。酬，偿付。意指解甲归田。

〔8〕贾长沙：贾谊。

【赏析】

这是一首借友人之事，浇己胸中块垒的忧时感事之词。创作时间一般认为是闲居时期。全词连用典故，巧妙浓缩前人诗文，抒写壮志难酬的悲愤；又故作旷达，长歌当哭，表达了对南宋统治者埋没、压抑人才的愤怒，抒发了爱国主义思想感情。

满 江 红

暮 春

辛弃疾

家住江南，又过了清明寒食〔1〕。花径里、一番风雨，一番狼藉〔2〕。红粉暗随流水去〔3〕，园林渐觉清阴密。算年年、落尽刺桐花，寒无力〔4〕。　庭院静，空相忆。无说处，闲愁极。怕流莺乳燕，得知消息〔5〕。尺素如今何处也，彩云依旧无踪迹〔6〕。谩教人羞去上层楼，平芜碧〔7〕。

【注释】

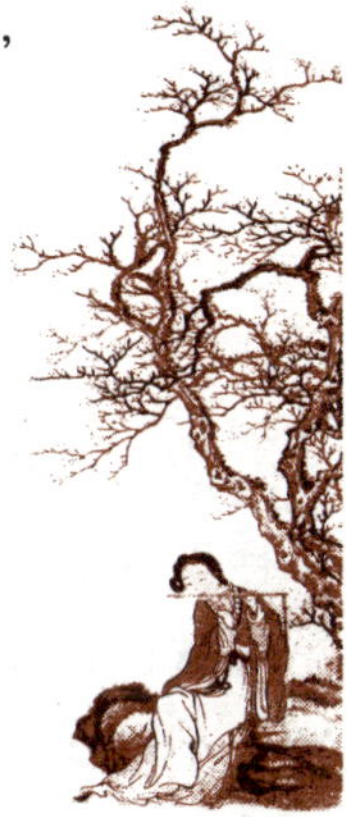

〔1〕清明寒食：清明为节令名，寒食在清明前一日（一说前两天）。相传起于晋文公悼念介子推事。因介子推有功于文公而未受封，躲进深山，文公寻之不得，本拟放火烧山逼他出来，介子推却抱树被烧死。于是文公就定此日禁火，官民俱吃冷熟食，故曰寒食。

〔2〕狼藉：零乱不整的景象。

〔3〕红粉：指落花。

〔4〕寒无力：天气逐渐转暖，春寒渐渐减退。

〔5〕得知消息：窥破心事。

〔6〕尺素：一尺长的绢帛，指书信。彩云：行云，指所思之人。出晏几道《临江仙》：“当时明月在，曾照彩云归。”此表示所思之人如行云般踪迹不定。

〔7〕谩：同漫，空泛。平芜：平旷的原野。

【赏析】

此为闺中怀远词。当时作者在福建任提点刑狱、安抚使等官。邓广铭《稼轩词编年笺注》指此词为隐居带湖时作。上片描写闺妇眼中的暮春景象，抒发春去人不归、岁月如梭、年华虚度的感慨；下片即景抒情，写闺妇孤寂惶惑、哀怨无穷又欲诉无人、相思情深又怕莺燕窥知的矛盾苦闷心情。

丑奴儿

书博山道中壁

辛弃疾

少年不识愁滋味[1]，爱上层楼。爱上层楼，为赋新词强说愁[2]。　　而今识尽愁滋味，欲说还休[3]。欲说还休，却道天凉好个秋。

【注释】

〔1〕不识：不理解，不懂得。

〔2〕强说愁：本来无愁而硬说有愁。

〔3〕欲说还休：想说而又不说出来。

【赏析】

这首词抒写早年和晚年两种不同的人生体验。上片说少年时代涉世未深，不知人间甘苦，本无忧愁，却偏要在登楼赋诗时无病呻吟。下片说如今饱经风霜，尝尽人生之苦，真正懂得了忧愁的滋味，却不愿说出来。这种“欲说还休”的矛盾心理，表明他胸中埋藏着深沉的忧愁，即使说出来也无人理解，不如干脆不说。两片均用叠句转折，跌宕有致，含蓄深永，颇耐寻味。

破 阵 子

为陈同父赋壮词以寄之[1]

辛弃疾

醉里挑灯看剑，梦回吹角连营[2]。八百里分麾下炙[3]，五十弦翻塞外声[4]。沙场秋点兵[5]。　马作的卢飞快[6]，弓如霹雳弦惊[7]。了却君王天下事[8]，赢得生前身后名[9]。可怜白发生[10]！

【注释】

〔1〕陈同父：即陈亮，字同甫。

〔2〕梦回：梦醒。吹角连营：各个营寨中吹起了阵阵军号声。

〔3〕八百里：指牛。《世说新语·汰侈》："王君夫（恺）有牛，名八百里驳。"麾下：部下。炙（zhì）：烤肉。

〔4〕五十弦：指瑟。这里是泛指乐器。翻：演奏。塞外声：边塞音乐。

〔5〕点兵：检阅部队。

〔6〕的卢：一种烈性快马。

〔7〕霹雳：疾雷声。这里是形容射箭时弓弦发出

的响声。

〔8〕了却：完成。天下事：指平定天下，收复中原，统一国土的事业。

〔9〕赢得：获取。

〔10〕可怜：可惜。

【赏析】

本篇是辛弃疾被弹劾罢官、闲居农村期间、为鼓舞爱国志士陈亮而写的。词中以作者早年的战斗生活为基础，融合梦境与幻觉，描绘了一幅驰骋沙场、雄伟壮阔的场面，表达了渴望杀敌报国的崇高理想。词的构思不同一般，前九句以浪漫主义手法和奔腾的激情，刻画军容之盛和意气之豪，描绘出一位横戈跃马、神彩飞扬的英雄战士形象。末尾一句“可怜白发生”，翻腾陡转，顿作变调，悲凉的煞拍表现了作者报国无门的忧愤之情，深刻揭示了现实和理想难以调和的矛盾。

水调歌头

送章德茂大卿使虏

陈亮

不见南师久[1]，漫说北群空。当场只手[2]，毕竟还我万夫雄。自笑堂堂汉使，得似洋洋河水，依旧只流东！且复穹庐拜[3]，会向藁街逢[4]。　尧之都[5]，舜之壤，禹之封，于中应有，一个半个耻臣戎[6]。万里腥膻如许[7]，千古英灵安在？磅礴几时通[8]？胡运何须问[9]，赫日自当中。

【注释】

〔1〕南师：南宋北伐的军队。

〔2〕只手：独立支撑的意思。

〔3〕穹庐：北方少数民族居住的圆顶毡房。

〔4〕藁街：在长安城内，是当时外国使臣居住的地方。

〔5〕尧之都：与下“舜之壤”、“禹之封”皆指华夏。

〔6〕臣：臣服。戎：指金。古泛称西部少数民族

为戎。

〔7〕腥膻：这里代指金人。因金人用膻肉酪浆，以充饥渴。

〔8〕磅礴：此指心气郁积不通。

〔9〕胡运：指金朝的气数。

【赏析】

上片落笔首先指斥长久不见南师北伐的现状，接着对金人叫嚣宋朝无人、不能振作进行了反驳。下片承接上片，继续写在中原这个尧、舜、禹的故都，肯定会有一些以向金称臣为耻的志士。他大声疾呼，金人占据了中原广大的土地，千古英雄如今何在？浩然正气什么时候才能压倒邪气而通于天地之间，把金人驱逐出去呢？这对当朝权贵来说，无异于晴天霹雳，振聋发聩。而结尾两句，铿锵有力，信心之足，胆魄之壮，足冠全词。本词通篇都洋溢着强烈的民族自豪感和胜利的信心，向来被视为陈亮的压卷之作。

念奴娇

登多景楼

陈亮

危楼还望[1]，叹此意，今古几人曾会？鬼设神施，浑认作[2]、天限南疆北界。一水横陈[3]，连岗三面，做出争雄势。六朝何事，只成门户私计？　因笑王谢诸人[4]，登高怀远，也学英雄涕。凭却长江，管不到、河洛腥膻无际[5]。正好长驱，不须反顾，寻取中流誓[6]。小儿破贼，势成宁问强对[7]。

【注释】

〔1〕危楼：高楼。还：通“环”。

〔2〕浑：简直。

〔3〕一水：指长江。

〔4〕王谢诸人：泛指当时有声望地位的士大夫。王、谢是东晋初期南迁统治集团中的两大家族。

〔5〕河洛：指黄河、洛水，用来代指沦陷的中原地区。

〔6〕中流誓：表示誓死收复中原。

〔7〕强对：即强敌。

【赏析】

南宋人登临写景赋篇不少，但多为喟叹伤情之作，激扬振奋者少。若论气概之豪壮，则当以此首为最。上片写登楼远眺，先从地理形势角度，对京口一带自然胜况展开生动传神的描绘，后从历史教训角度，对偏安一隅、苟且偷安进行切实有力的批判。下片继续借六朝故事，批评时政：可笑那些达官贵人终日里醉生梦死，都要学爱国志士的模样假惺惺地流泪。这首独特的纪游之作，采论时事，指点江山，纵论古今，气势磅礴，格调高放，读来备感鼓舞。

清　平　乐

刘　过

新来塞北〔1〕，传到真消息：赤地居民无一粒，更王单于争立。　　维师尚父鹰扬〔2〕，熊罴百万堂堂。看取黄金假钺〔3〕，归来异姓真王。

【注释】

〔1〕新来：当时俗语，就是“新近”之意。

〔2〕尚父鹰扬：韩侂胄如姜尚一样韬略英武，大展雄才。

〔3〕黄金假钺：在形如大斧的兵器上饰以黄金，

为皇帝专用的仪仗。特别重要的军事行动，皇帝不能亲行时，允许统帅假借黄钺。

【赏析】

刘过写过许多豪情激越的词章，鼓励韩侂胄北伐，本篇即是其一。上片写塞北情况。新近塞北传来了确切的消息，百姓们遭受灾害颗粒无收，千里赤地，陷入绝境。就在百姓处在水深火热之中的时候，金朝统治者却争权夺利，发生内讧，刀兵相见，互相残杀。自然灾害加上政权的动乱，金朝的统治眼见坐不稳要倒台了，这对南宋无疑是十分有利的。下片写南宋方面。“维师”二句，上句写韩侂胄将像周之姜尚一样胸怀韬略，率军出征，大展雄才，下句写士兵精锐，勇悍如熊罴，百万大军、势不可挡。“看取”二句：出征时假以皇帝的仪仗，声势浩大，威风凛凛，得胜归来一定会封爵封王。全词通过金与南宋从统帅、军队、百姓等方面的详明对比，说明了南宋取得北伐胜利的必然性，给人以必胜的信心。特别是给统帅韩侂胄以极大的鼓励和力量，令人激昂兴奋，豪情满怀。

沁园春

寄辛稼轩[1]

刘过

古岂无人，可以似吾，稼轩者谁？拥七州都督，虽然陶侃[2]，机明神鉴，未必能诗。常衮何如[3]，羊公聊尔[4]。千骑东方侯会稽[5]。中原事，纵匈奴未灭，毕竟男儿。　　平生出处天知[6]，算整顿乾坤终有时。问湖南宾客[7]，侵寻老矣[8]。江西户口[9]，流落何之。尽日楼台，四边屏幛，目断江山魂欲飞。长安道，奈世无刘表，王粲畴依[10]。

【注释】

〔1〕辛稼轩：辛弃疾。

〔2〕陶侃：东晋人，封长沙郡公，拜大将军。

〔3〕常衮：唐代人，官门下侍郎、同平章事，封河内郡公。

〔4〕羊公：羊祜，西晋人，官拜征南大将军。

〔5〕千骑东方：指地方官。语出汉乐府《陌上桑》：“东方千余骑，夫婿居上头。”侯会稽：辛弃疾时任绍

兴府兼浙东安抚使。会稽：今浙江绍兴。

〔6〕出处：出仕或归隐。

〔7〕湖南宾客：作者自指。

〔8〕侵寻：逐渐。

〔9〕江西户口：作者自指。

〔10〕“长安道”三句：抒发怀才不遇的感慨。长安：借指南宋都城临安（今浙江杭州）。王粲：汉末建安七子之一，曾避难荆州（今湖北襄樊），依刘表，不为重用。

【赏析】

词题寄辛弃疾。上片以陶侃、常衮、羊祜等历史人物衬托辛弃疾的高大形象，并将收复中原的厚望寄托在辛弃疾的身上。下片感叹自己身世，老境将至，一无所成，流落他乡，并以汉末王粲自比，抒发怀才不遇的感慨。

沁园春

卢蒲江席上[1]，时有新第宗室。

刘过

一剑横空，飞过洞庭，又为此来[2]。有汝阳琎者[3]，唱名殿陛；玉川公子[4]，开宴尊罍。四举无成，十年不调，大宋神

仙刘秀才。如何好？将百千万事，付两三杯。未尝戚戚于怀。　　问自古英雄安在哉？任钱塘江上，潮生潮落；姑苏台畔，花谢花开。盗号书生，强名举子，未老雪从头上催。谁羡汝，拥三千珠履〔5〕，十二金钗。

【注释】

〔1〕卢蒲江：卢祖皋，号蒲江，著名词人。

〔2〕“一剑横空”三句：化用唐吕岩《绝句》诗：“朝游北越暮苍梧，袖里青蛇胆气粗。三入岳阳人不识，朗吟飞过洞庭湖。”

〔3〕汝阳者：指“新第宗室”。

〔4〕玉川公子：唐卢仝号玉川子，此指卢蒲江。

〔5〕珠履：指宾客。《史记·春申君列传》：“春申君客三千余人，其上客皆蹑珠履。”

【赏析】

“四举无成，十年不调”的经历，不免会使刘过心酸痛楚，恰又在酒席宴上遇到“新第宗室”，对方的志得意满，如同雪上加霜，越发激起刘过满腔的激愤，遂作此词以抒怀。词中以狂士自居，视书生、举子为“强”、“盗”，不慕功名，不羡富贵，任潮涨潮落，花开花谢，将世俗的功名利禄尽情地抛开，凸现出词人洒脱旷达的自我形象。首句“一剑横空”，破空而出，气势非凡。

沁 园 春

张路分秋阅[1]

刘 过

万马不嘶，一声寒角，令行柳营[2]。见秋原如掌，枪刀突出，星驰铁骑，阵势纵横。人在油幢，戎韬总制[3]，羽扇从容裘带轻[4]。君知否？是山西将种[5]，曾系诗盟。　　龙蛇纸上飞腾，看落笔四筵风雨惊。便尘沙出塞，封侯万里，印金如斗[6]，未惬平生。拂拭腰间，吹毛剑在[7]，不斩楼兰心不平[8]。归来晚，听随军鼓吹，已带边声。

【注释】

〔1〕张路分：姓张的路分。路分：武官的官名。

〔2〕柳营：指军营。

〔3〕戎韬总制：按兵法统率军队。

〔4〕羽扇从容裘带轻：形容儒将风度。

〔5〕山西将种：《汉书·赵充国辛庆忌传》："秦汉以来，山东出相，山西出将。"

〔6〕印金如斗：《世说新语·尤悔》载：王敦起兵叛乱，周顗曰："今年杀诸贼奴，当取金印如斗大系肘后。"

〔7〕吹毛剑：利剑。

〔8〕楼兰：古西域国名，借指金。

【赏析】

此词描写张路分"秋阅"的壮观场面，成功地塑造了一个文武双全、气宇轩昂的儒将形象，表达了词人北伐抗金的强烈愿望和统一祖国的爱国热情。调动听觉、视觉感受描绘演习过程，有声有色，气势非凡，读之如身临其境。结尾写自己感受，笔致劲健有力。全词一气呵成，通达畅快，极富动态美感。豪放狂逸中颇饶俊致，别具特色。

水调歌头

刘　过

弓剑出榆塞，铜檗上蓬山[1]。得之浑不费力，失亦匹如闲。未必古人皆是，未必今人俱错，世事沐猴冠。老子不分别，

内外与中间。　　酒须饮，诗可作，铗休弹[2]。人生行乐，何自催得鬓毛斑？达则牙旗金甲，穷则蹇驴破帽，莫作两般看。世事只如此，自有识鹗鸾[3]。

【注释】

〔1〕“弓剑”二句：指出塞杀敌、建功立业和著书立说、藏之名山。

〔2〕弹铗：战国时孟尝君有门客冯谖，弹铗而歌，要求提高待遇。

〔3〕鹗鸾：指善恶。

【赏析】

此为刘过晚年所作。词人空负文韬武略、报国热忱，却无处施展，屡受挫伤。长期心中郁愤，难以排遣。在这种心境下，词人创作此词，抒发了饱经沧桑后愤世嫉俗的牢骚和不平，以及报国无门、壮志难酬的愤慨，也表现出恃才傲物、睥睨千古的狂放精神。词中正话反说，貌似牢骚，实则愤激；看似达观，实则沉痛。笔致似直而纡，遒劲有力。

念奴娇

留别辛稼轩

刘 过

知音者少，算乾坤许大，著身何处？直待功成方肯退，何日可寻归路。多景楼前[1]，垂虹亭下[2]，一枕眠秋雨。虚名相误，十年枉费辛苦。　　不是奏赋明光[3]，上书北阙，无惊人之语。我自匆忙天未许，赢得衣裾尘土。白璧追欢，黄金买笑，付与君为主。莼鲈江上，浩然明日归去[4]。

【注释】

〔1〕多景楼：在江苏镇江北固山甘露寺内。

〔2〕垂虹亭：吴江（今属江苏）垂虹桥上。

〔3〕明光：汉宫名，代指皇帝。

〔4〕“莼鲈”二句：《晋书·张翰传》：“翰因见秋风起，乃思吴中菰菜、莼羹、鲈鱼脍，曰：‘人生贵得适志，何能羁宦数千里以要名爵乎？’遂命驾而归。”

【赏析】

此词约作于嘉泰三年(1203)。刘过为辛弃疾志同道合的挚友，因母病告归，囊橐萧然，辛弃疾为其筹资万缗，买船送行。刘过感其知遇之恩，于是赋词留别。自叙平生抱负，慨叹奏赋上书，枉费辛苦，怀才不遇。“莼鲈江上，浩然明日归去”，功未成而身先退，貌似闲适，实则内心痛苦不堪，蕴含着牢骚和愤激。

贺新郎

刘过

弹铗西来路[1]。记匆匆、经行十日，几番风雨。梦里寻秋秋不见，秋在平芜远树。雁信落、家山何处？万里西风吹客鬓，把菱花[2]、自笑人如许。留不住，少年去！　男儿事业无凭据。记当年、悲歌击楫[3]，酒酣箕踞。腰下光芒三尺剑，时解挑灯夜语。谁更识、此时情绪？唤取

杜陵风月手[4]，写江东渭北相思句。歌此恨，慰羁旅。

【注释】

〔1〕弹铗：战国时孟尝君有门客冯谖，弹铗而歌，要求重用。

〔2〕菱花：镜子。

〔3〕悲歌击楫：用“祖逖中流击楫”典。

〔4〕杜陵风月手：指杜甫。

【赏析】

词借冯谖弹铗而歌故事，表达自己怀才不遇、壮志难酬的悲愤。其中又交织着悲秋、伤时、羁旅飘零、念土思归、嗟卑叹老、知音难觅种种情感意绪。全词直抒胸臆，尽吐衷曲，真挚感人。时空感强，表现出词人跌宕不平的心情。梦境与回忆交织，使得词境灵动而有逸致。慷慨悲壮，豪放狂逸，声情俱佳。

水调歌头

登多景楼

杨炎正

寒眼乱空阔[1]，客意不胜秋。强呼斗酒，发兴特上最高楼[2]。舒卷江山图画[3]，

应答龙鱼悲啸[4]，不暇顾诗愁。风露巧欺客，分冷入衣裘。　忽醒然，成感慨，望神州。可怜报国无路，空白一分头。都把平生意气，只做如今憔悴，岁晚若为谋[5]。此意仗江月，分付与沙鸥[6]。

【注释】

〔1〕寒眼：寒风中放眼眺望。

〔2〕发兴：引发兴致。

〔3〕舒：伸展。这句说壮丽的江山如画卷似地展现在眼前。

〔4〕这句说江上的波涛声，仿佛是水中的鱼龙在悲鸣长啸、唱和应答。

〔5〕岁晚：晚年，暮年。若为谋：如何安排？

〔6〕分付：交付。这句说晚年将和沙鸥一起度过，表示归隐江湖之意。

【赏析】

这首词是淳熙五年（1178）秋，作者与辛弃疾等在镇江登多景楼时的唱和之作。上片写登楼所见祖国河山如画美景和所感寒秋袭人的悲凉秋意，寄寓着前路多艰危的惆怅心情；下片写远望神州沉陷，深感请缨无路、报国无门的憔悴，表达出只得去与江月、沙鸥为伴的无奈心情。

水调歌头

杨炎正

把酒对斜日，无语问西风。胭脂何事，都做颜色染芙蓉？放眼暮江千顷，中有离愁万斛[1]，无处落征鸿。天在阑干角，人倚醉醒中。　　千万里，江南北，浙西东。吾生如寄，尚想三径菊花丛[2]。谁是中州豪杰，借我五湖舟楫[3]，去作钓鱼翁。故国且回首，此意莫匆匆！

【注释】

〔1〕斛：古代量器名，十斗为一斛。

〔2〕三径：《三辅决录》卷一："蒋诩归乡里，荆棘塞门，舍中有三径，不出，惟求仲、羊仲从之游。"后用以指归隐后所住的田园。陶渊明《归去来兮辞》："三径就荒，松菊犹存。"

〔3〕五湖：指彭蠡、洞庭、巢湖、太湖、鉴湖，或单指太湖。传说范蠡助越灭吴后，弃官泛舟游于五湖。

【赏析】

这首词表达了词人深沉的爱国情思。上片借秋江暮景，抒发词人怀才不遇、壮志难酬、报国无门

的深沉、悲壮的愁思；下片抒写自己一身飘零，事业无成，本想隐居，又想到国事而不愿如此匆匆而去的矛盾心情，表现了一个正直的知识分子的爱国情怀。

满 江 红

杨炎正

典尽春衣，也应是、京华倦客[1]。都不记、曲尘香雾[2]，西湖南陌。儿女别时和泪拜，牵衣曾问归时节。到归来、稚子已成阴，空头白。　　功名事，云霄隔；英雄伴，东南拆[3]。对鸡豚社酒，依然乡国。三径不成陶令隐[4]，一区未有扬雄宅[5]。问渔樵、学作老生涯，从今日。

【注释】

〔1〕倦客：倦于宦游之人，形容仕途极不得意。

〔2〕曲尘：酒曲所生的细菌，色微黄如尘，固称淡黄色为曲尘。

〔3〕拆：分开，分离。

〔4〕三径：指隐士所居之处。陶令：指晋朝隐士陶渊明，因其曾任彭泽县令，故称。

〔5〕扬雄宅：西汉文学家扬雄，家贫，少田产，门前冷落。后因以“扬雄宅”喻指文士的贫居。

【赏析】

这首词作于词人晚年退隐故园之后。上片写一生飘零、落魄，追叙离家时儿女都未成年，归来时儿女们都已子女满堂；下片写青年时代也曾一腔热血、满怀壮志，如今却功业未成，回首成空，只能回乡从头学过鸡豚社酒生活。

满江红

赤壁怀古

戴复古

赤壁矶头，一番过、一番怀古。想当时，周郎年少，气吞区宇〔1〕。万骑临江貔虎噪〔2〕，千艘列炬鱼龙怒。卷长波、一鼓困曹瞒〔3〕，今如许〔4〕？　江上渡，江边路；形胜地，兴亡处。览遗踪、胜读史书言语。几度东风吹世换，千年往事随潮去。问道

傍、杨柳为谁春，摇金缕〔5〕？

【注释】

〔1〕区宇：疆域，区域，寰宇。

〔2〕貔虎：猛兽，代指军队。貔（pí），古籍中的一种猛兽，或曰似虎，或曰似熊，一名执夷，又名白狐。

〔3〕曹瞒：指曹操。

〔4〕今如许：如今又怎么样呢？

〔5〕金缕：指嫩黄色的柳条。

【赏析】

宁宗嘉定年间，作者五十多岁时曾两次游览黄州赤壁。在一首《满庭芳》词中，他写道："赤壁矶头，临皋亭下，扁舟两度经过。"此阕当作于第一次舟过赤壁矶头之时。词的上片缅怀三国赤壁之战，盛赞周瑜气吞区宇、火烧曹兵的雄才大略。下片寻访遗踪，感叹兴亡，抒发忧时伤世之情，表达了作者对时局的深深忧虑。词的风格豪健，语言朴素、自然，是怀古词中的一篇佳作。

贺新郎

寄丰真州[1]

戴复古

忆把金罍酒[2]。叹别来、光阴荏苒，江湖宿留。世事不堪频着眼，赢得两眉长皱。但东望、故人翘首。木落山空天远大，送飞鸿、北去伤怀久。天下事，公知否？　钱塘风月西湖柳。渡江来、百年机会，从前未有。唤起东山丘壑梦[3]，莫惜风霜老手。要整顿、封疆如旧[4]。早晚枢庭开幕府[5]，是英雄、尽为公奔走。看金印，大如斗。

【注释】

〔1〕丰真州：丰有俊，字宅之，四明人。绍熙进士。嘉定中曾知真州（今江苏仪征）。慷慨有大志，所至有正声。

〔2〕金罍（léi）：古代盛酒器，青铜制成。

〔3〕东山：在浙江上虞西南。东晋时谢安曾隐居于此，后出仕官至宰相，指挥淝水之战，击败前秦南侵，并乘机收复青、兖、徐、豫等州。

〔4〕封疆：疆界，疆土。

〔5〕枢庭：指枢密院。主管国家军事和边防事务。

【赏析】

这首怀友寄赠词是于丰真州退隐后所作。词中追忆与友人相聚的美好时光，慨叹光阴荏苒，世事不堪着眼，并勉励友人抓住近百年来出师北伐的良机，像谢安那样，担负起收复失地、统一祖国的历史重任；同时也抒发了词人力主北伐、完成统一大业的爱国情怀。

沁园春

戴复古

一曲狂歌，有百馀言，说尽一生。费十年灯火，读书读史；四方奔走，求利求名。蹭蹬归来〔1〕，闭门独坐，赢得穷吟诗句清。夫诗者，皆吾侬平日，愁叹之声。　　空馀豪气峥嵘。安得良田二顷耕？向临邛涤器，可怜司马〔2〕；成都卖卜，谁识君平〔3〕？分则宜然〔4〕，吾何敢怨，蝼蚁逍遥戴粒行。开怀抱，有青梅荐酒，绿树啼莺。

【注释】

〔1〕蹭蹬：比喻失意、潦倒。

〔2〕临邛：古县名。治所在今四川邛崃。涤器：洗涤碗盏。据《史记·司马相如列传》载，相如与卓文君私奔临邛，“尽卖其车骑，买一酒舍酤酒，而令文君当垆，相如身自著犊鼻裈，与保庸杂作，涤器于市中。”司马：指司马相如。

〔3〕君平：严君平，名遵，西汉隐士，蜀人。成帝时曾卖卜（替人算命）于成都。

〔4〕分（fèn）：意料之中。

【赏析】

这是一曲狂傲不羁、落魄潦倒的穷书生之歌。十年寒窗、苦读经史，为了求名求利而奔走四方。可是到头来两手空空，一无所获，失意而归，只好闭门独坐家中，胡乱吟几句清诗，唱出心中的愁苦怨叹之声。如今身无分文，田无半亩，剩下的唯有一腔愤郁不平的豪气。这也不足为奇，古时候的司马相如和严君平不也曾有过相同的遭遇吗？书生无用，君子固穷，自古如此，本是意料之中的事，又何必去怨天尤人！不如放宽胸怀，尝尝青梅，喝几杯浊酒，在绿阴树下听听莺啼，度此余生。词情苦涩，积怨如山，块垒难平，不吐不快。封建时代知识分子的命运实在可悲。

木兰花慢

戴复古

莺啼啼不尽，任燕语、语难通〔1〕。这一点闲愁，十年不断，恼乱春风〔2〕。重来故人不见，但依然、杨柳小楼东。记得同题粉壁，而今壁破无踪。　　兰皋新涨绿溶溶，流恨落花红〔3〕。念着破春衫〔4〕，当时送别，灯下裁缝。相思谩然自苦，算云烟、过眼总成空〔5〕。落日楚天无际，凭栏目送飞鸿〔6〕。

【注释】

〔1〕“莺啼”二句：写伤心情怀，既无以穷尽，也无从相诉。即便让莺燕来诉说，也诉不完，道不尽，何况鸟语难通。

〔2〕这：一本作“奈”。闲愁：一作“芳心”。恼乱春风：即为春风所撩乱。恼乱，烦扰、撩乱。

〔3〕兰皋：原指有兰草之岸，此指有芳草的水湾。皋，水边地。溶溶：形容水盛的样子。“流恨”句：意为心中的哀愁伴着落花残红随着江水缓缓流去，没有尽头。

〔4〕破春衫：此衫是十年前离别时妻子在灯下赶制的衣衫，故言。一本作征衫。

〔5〕谩然：徒然。谩，通漫。算：一本作“叹”。

〔6〕楚：戴复古悼亡之地江右武宁即今江西武宁县，古属楚。飞鸿：指鸿雁。末二句融情入景，将天长地久之恨幻入苍茫空寂的宇宙中。

【赏析】

这首是悼亡词。此词是作者与妻子诀别十年之后，旧时重游，哀悼爱妻之作。词人用绵丽之笔，极写哀惋之思，凄美而悲切。

满　江　红

岳　珂

小院深深，悄镇日、阴晴无据〔1〕。春未足、闺愁难寄，琴心谁与〔2〕？曲径穿花寻蛱蝶，虚栏傍日教鹦鹉〔3〕。笑十三、杨柳女儿腰，东风舞〔4〕。　云外月，风前絮。情与恨，长如许〔5〕。想绮窗今夜，为谁凝伫？洛浦梦回留佩客，秦楼声断吹箫侣〔6〕。正黄昏时候杏花寒，廉纤雨〔7〕。

【云林洗桐图】轴 局部 ［明］崔子忠 中国台北故宫博物院藏 48-6

【云林洗桐图】轴 局部 [明] 崔子忠 中国台北故宫博物院藏　48-6

【注释】

〔1〕镇日：整天，从早到晚。

〔2〕琴心：用琴声表达心意。

〔3〕“曲径”二句：写闺妇寂寞无聊只得寻蛱蝶、教鹦鹉以解愁。

〔4〕“笑十三”二句：意为杨柳迎风起舞似十三岁的少女腰肢，袅袅多情，但无人欣赏，只是枉然。

〔5〕如许：如此，这般。

〔6〕洛浦：指曹植《洛神赋》中洛神形象。秦楼：指秦穆公女弄玉与萧史共同飞升的佳话。这里以洛神、汉皋神女和弄玉反衬闺中思妇独处。

〔7〕廉纤：细小，细微。多形容微雨。

【赏析】

这首是写深闺思妇伤离别的词。上片写思妇整日里独居无聊寂寞，只能以寻蛱蝶、教鹦鹉、观杨柳打发时间；下片写思妇的孤寂、苦闷、怀人，并借神话传说抒写闺中思妇孤独地面对寒风和廉纤细雨而无可奈何地伫立楼前伤神的情景。

水调歌头

葛长庚

江上春山远，山下暮云长。相留相送，时见双燕语风樯。满目飞花万点，回首故人千里，把酒沃愁肠[1]。回雁峰前路[2]，烟树正苍苍。　　漏声残，灯焰短，马蹄香。浮云飞絮，一身将影向潇湘[3]。多少风前月下，迤逦天涯海角[4]，魂梦亦凄凉。又是春将暮，无语对斜阳。

【注释】

〔1〕沃：浇。

〔2〕回雁峰：在湖南衡阳市南，为衡山七十二峰之首，峰势如雁之回旋，故名。相传雁飞至此不过，遇春而回。

〔3〕潇湘：潇水和湘水，亦作湘江的别称，在湖南省南部。

〔4〕迤逦：一路曲折行去。

【赏析】

作者是一位博学多闻、很有才情的道士。这首词写他云游生活中对故人的深情怀念。上片回忆当年离别时友人“相留相送”的情景，下片抒写词人浪迹天涯，深感寂寞凄凉，从而更加思念友人的情怀。词语精炼，尤善于谋篇布局，景起情结，首尾照应，风格疏朗飘逸，堪称《海琼集》中的一篇佳作。

水调歌头

咏 茶

葛长庚

二月一番雨，昨夜一声雷。枪旗争展，建溪春色占先魁。采取枝头雀舌〔1〕，带露和烟捣碎，炼作紫金堆〔2〕。碾破香无限，飞起绿尘埃。　汲新泉，烹活火〔3〕，试将来。放下兔毫瓯子，滋味舌头回。唤醒青州从事〔4〕，战退睡魔百万，梦不到阳台〔5〕。两腋清风起，我欲上蓬莱〔6〕。

【注释】

〔1〕雀舌：形容茶的嫩芽如鸟雀之舌。

〔2〕紫金堆：形容茶饼色似紫金。

〔3〕活火：旺盛的火。苏轼《汲江煎茶》诗：“活水还须活火烹，自临钓石取深情。”

〔4〕青州从事：美酒的隐语。《世说新语 · 术解》：

“桓公（桓温）有主簿善别酒，有酒则令先尝，好者谓‘青州从事’，恶者谓‘平原督邮’。青州有齐郡，平原有鬲县。从事，言到脐；督邮言在鬲（膈）上住。”从事、督邮，均为官名。

〔5〕阳台：宋玉《高唐赋序》：“昔者先王尝游高唐，怠而昼寝。梦见一妇人，曰：‘妾巫山之女也，为高唐之客。闻君游高唐，愿荐枕席。’王因幸之。去而辞曰：‘妾在巫山之阳，高丘之阻，旦为朝云，暮为行雨，朝朝暮暮，阳台之下。’”后因称男女合欢的处所为阳台。这句说好梦难成。

〔6〕蓬莱：神话传说中的海上三神山之一。

【赏析】

此词由采茶、制茶、烹茶写到品茶，对茶的性状、功用进行了细致的描写刻画。作者饮罢一盏，舌间滋味无穷，于是酒也醒了，睡魔也被驱散了，顿觉精神爽快，腋下生风，飘飘欲仙，幻想进入那奇妙的蓬莱仙境。

贺新郎

雪

葛长庚

是雨还堪拾。道非花、又从帘外，受风吹入。扑落梅梢穿度竹，恐是鲛人诉泣〔1〕。积至暮、萤光熠熠〔2〕。色映万山迷远近，满空浮、似片应如粒。忘炼得，我双睫。　　吟肩耸处飞来急。故撩人、黏衣噀袖〔3〕，嫩香堪浥。细听疑无伊复有，贪看一行一立。见僧舍、茶烟飘湿。天女不知维摩事，漫三千、世界缤纷集。是翦水，谁能及！

【注释】

〔1〕鲛人：亦作“蛟人”，传说中的美人鱼。张华《博物志》：“鲛人从水出，寓人家积日，卖绡将去，从主人索一器，泣而成珠满盘，以与主人。”

〔2〕熠熠：光彩闪烁貌。

〔3〕噀（xùn）：喷。

【赏析】

此词咏雪，善用比喻，联想丰富。如是雨堪拾、非花入户、鲛人诉泣、天女散花、天孙剪水等等，均能将雪的物性特征表现得生动而富有情趣。词的构思新巧，笔调潇洒，全篇亦未出题字，但从始至终都可感到雪花纷纷扬扬，正在漫天飞舞。

生　查　子

元夕戏陈敬叟

刘克庄

繁灯夺霁华〔1〕，戏鼓侵明发〔2〕。物色旧时同，情味中年别。　浅画镜中眉，深拜楼西月。人散市声收，渐入愁时节。

【注释】

〔1〕霁华：指明朗的月光。

〔2〕明发：天明。

【赏析】

本词题为“元夕戏陈敬叟”，细玩词意，却并非游戏之作。首二句的“夺”、“侵”二字很有意思，“繁灯”胜过“霁华”，人光盖过天光，本来就勉强，故曰“夺”；人逢乐事，亦应适可而止，“戏鼓”

直到“明发”，显然是“侵”，所以上下两片皆以警策之语作结，妥贴而自然。

贺 新 郎

端 午

刘克庄

深院榴花吐，画帘开、练衣纨扇[1]，午风清暑。儿女纷纷夸结束，新样钗符艾虎[2]。早已有游人观渡。老大逢场慵作戏，任陌头、年少争旗鼓，溪雨急，浪花舞。

灵均标致高如许，忆生平、既纫兰佩，更怀椒醑[3]？谁信骚魂千载后，波底垂涎角黍，又说是蛟馋龙怒。把似而今醒到了[4]，料当年，醉死差无苦，聊一笑，吊千古。

【注释】

〔1〕练（shū）衣：粗布衣服。

〔2〕钗符艾虎：皆为端午节头饰，艾虎还可作门饰。

〔3〕椒醑：椒，香物，用来降神。醑，美酒，用来祭神。

〔4〕把似：与其，假如。

【赏析】

本词上片从院内写到陌头，是一幅端午风俗图，但从下片的大篇议论来看，上片的描述仍有主观的意图，即以自己的“衣纫扇”与儿女的“新鲜钗符艾虎”作比，又与观渡的游人、竞舟的少年作比，字里行间又流露出一种年华已晚、身安废弃的抑郁不平之情，这样下阕的议论才有着落，故黄蓼园认为本词“非为灵均雪耻，实为无识者下一针砭，思理超超，意在笔墨之外”。

贺 新 郎

九 日

刘克庄

湛湛长空黑[1]，更那堪、斜风细雨，乱愁如织。老眼平生空四海，赖有高楼百尺。看浩荡，千崖秋色。白发书生神州泪，尽凄凉、不向牛山滴[2]。追往事，去无迹。　少年自负凌云笔，到而今、

春华落尽，满怀萧瑟。常恨世人新意少，爱说南朝狂客，把破帽年年拈出。若对黄花孤负酒[3]，怕黄花也笑人岑寂。鸿北去，日西匿。

【注释】

〔1〕湛湛：本为水深貌，此处形容夜色之深。

〔2〕牛山滴：指恋生惧死。牛山，在今山东临淄南。

〔3〕孤负：辜负。

【赏析】

冯煦在《宋六十一家词选例言》中说："后村词与放翁、稼轩犹鼎三足，其生于南渡，拳拳君国，似放翁；志在有为，不欲以词人自诩，似稼轩。"本篇即是这类雄放畅达的作品。九日登高抒怀，前人名作颇多，但词人却能自出机杼，另立新意，竟发出"常恨世人新意少"的感慨，这是本词的超人之处。另外，此篇也并非一味地率直酣畅、豪情满纸，而是粗细结合，疏密有致，既有"斜风细雨，乱愁如织"，又有"看浩荡，千崖秋色"，结尾以"鸿北去，日西匿"作收，更是意余言外，令人寻味不尽。

玉楼春

戏林推[1]

刘克庄

年年跃马长安市[2]，客舍似家家似寄。青钱换酒日无何[3]，红烛呼卢宵不寐[4]。　　易挑锦妇机中字，难得玉人心下事。男儿西北有神州，莫滴水西桥畔泪[5]。

【注释】

〔1〕林推：林推官。

〔2〕长安：指临安。

〔3〕无何：没别的事。

〔4〕呼卢：古时赌具有五木，类似骰子，五子全黑称为“卢”，掷得“卢”便获全胜，所以赌徒们连连呼“卢”。

〔5〕水西桥畔：泛指玉人居处。

【赏析】

规劝之辞，采用何种方法，何种语气，当视对象而定。林推官应是作者的同乡好友，关系比较密切，故作者态度外柔内刚，情理结合。首句写其“年

年跃马”，便画出了一个七尺男儿的雄姿，好男儿志在四方，故“客舍似家家似寄”也无可厚非，但“青钱”二句，极写其纵情游乐，表现出词人的惋惜，甚至痛心、责备。过片更从“锦妇”、“玉人”下手，与“西北有神州”作对比，虽一近一远，却是一轻一重，最后明确告以“莫滴水西桥畔泪”，委婉而又严厉，可谓“足以立懦”。

满 江 红

夜雨凉甚，忽动从戎之兴

刘克庄

金甲雕戈[1]，记当日、辕门初立[2]。磨盾鼻、一挥千纸[3]，龙蛇犹湿[4]。铁马晓嘶营壁冷[5]，楼船夜渡风涛急[6]。有谁怜、猿臂故将军[7]，无功级。　平戎策，从军什[8]；零落尽，慵收拾。把茶经香传[9]，时时温习。生怕客谈榆塞事[10]，且教儿诵《花间集》[11]。叹臣之壮也不

如人，今何及〔12〕！

【注释】

〔1〕雕戈：刻有花纹的戈矛。

〔2〕辕门：古代将帅的营门及督抚等官署的外门。

〔3〕磨盾鼻：在盾钮上磨墨，指军中作檄。据《北史·荀济传》，南北朝时，荀济得知萧衍将受禅为王，曾对人说："会于盾鼻上磨墨檄之。"

〔4〕龙蛇：指草书。陆游《汉宫春》："淋漓醉墨，看龙蛇飞落蛮笺。"

〔5〕铁马：披有铁甲的战马。

〔6〕楼船：高大的战舰。

〔7〕故将军：指西汉名将李广，被贬官后被称为"故李将军"。李广臂长如猿，故谓"猿臂"。

〔8〕从军什：从军时写的诗篇。

〔9〕茶经：唐陆羽有《茶经》，叙述有关茶叶的品种、制茶的器具以及烹饮的方法等。香传：宋丁谓有《天香传》，谈香料的品种、焚香的器具和方法等。

〔10〕榆塞：泛指边塞。古代北方边塞植榆树，故称为"榆塞"。

〔11〕《花间集》：五代蜀人赵崇祚所编的一部词集，多为流连歌酒、吟风赏月之作。

〔12〕这两句感叹自己年老，难以有所作为。《左传》，烛之武对郑文公说："臣之壮也，犹不如人；今老矣，无能为也已。"

【赏析】

宁宗嘉定十年（1217）金兵南侵，次年作者投笔从戎，赴建康入江淮制置使李珏军幕任职，参加抗金战争。后因“江湖诗案”，被废置乡里十余年，但仍关心国事，希望能奔赴前线，实现杀敌报国的理想。此词上片回忆当年军中生活，写得雄奇壮阔，豪情满怀；下片抒发贬黜闲居、报国无门、壮志难酬的悲愤之情。前后对比鲜明，波澜起伏，正话反说，一腔忠愤，溢于言表，读之令人扼腕浩叹。

水龙吟

黄孝迈

间情小院沈吟，草深柳密帘空翠。风檐夜响[1]，残灯慵剔，寒轻怯睡。店舍无烟，关山有月，梨花满地。二十年好梦，不曾圆合，而今老、都休矣。　谁共题诗秉烛，两厌厌、天涯别袂。柔肠一寸，七分是恨，三分是泪。芳信不来，玉箫尘染，粉衣香退。待问春，怎把千红换得，一池绿水。

【注释】

〔1〕风檐：悬于檐下的铁片，风吹则相击而发声。又称“铁马”、“檐马”。

【赏析】

此词为暮春客舍对景感怀之作。上片由景入情，叙述数十年来奔走风尘，处处碰壁，碌碌无为，好梦破灭，如今老大无成，一生的追求和理想都已付之东流。下片直抒胸臆，喟叹客中孤寂，遥想天涯佳人柔肠寸断，愁满胸怀，泪湿衣襟，也在含情脉脉地思念着远方的亲人。词中将身世之感和思亲之情揉合在一起写，情景相生，含蓄蕴藉，韵味极浓。

水调歌头

赋三门津〔1〕

元好问

黄河九天上，人鬼瞰重关。长风怒卷高浪，飞洒日光寒。峻似吕梁千仞〔2〕，壮似钱塘八月〔3〕，直下洗尘寰。万象入横溃〔4〕，依旧一峰闲。　仰危巢，双鹄过，杳难攀。人间此险何用，万古秘神奸〔5〕。不用燃犀下照〔6〕，未必佽飞强射〔7〕，有力障狂澜。唤取骑鲸客，挝鼓过银山[8]。

【注释】

〔1〕三门津：即三门峡。

〔2〕吕梁：山名，在今山西离石县东北。

〔3〕钱塘：指钱塘江。每年八月，其江潮汹涌，尉为壮观，观者甚众。

〔4〕横溃：急湍横溢泛滥之状。

〔5〕“万古”句：言三门峡险要有如神鬼控御，奥秘不可测。

〔6〕燃犀：古有点燃犀角洞照水妖的故事。

〔7〕佽飞：汉武官名，掌握弋射鸟兽。这里取其轻疾若飞之意。一云即佽非，周代楚国勇士，一次渡江，两蛟夹舟，非拔剑斩蛟得以脱险。

〔8〕挝鼓：击鼓。银山：状波澜高大。

【赏析】

此首是写三门峡风景词中一首凤毛麟角之佳作。上片写景。黄河之水天上来，以雷霆万钧之势，直泻三门关，“依旧一峰闲”，言砥柱山势之稳。一动一静，相映成趣。下片以议论见长。过渡循序渐进，舒卷自如，意脉更显得连贯。对政治的批判，语气沉痛，激愤，非一般登临之作可比。特别是末两句，笔势奇横，罕有其匹。写景刻意争奇，使人目不暇接；议论抒情，一唱三叹，荡气回肠。

高阳台

送陈君衡被召[1]

周　密

照野旌旗，朝天车马[2]，平沙万里天低。宝带金章，尊前茸帽风欹[3]。秦关汴水经行地，想登临、都付新诗。纵英游、叠鼓清笳，骏马名姬。　酒酣应对燕山雪，正冰河月冻，晓陇云飞。投老残年[4]，江南谁念方回？东风渐绿西湖柳，雁已还、人未南归。最关情、折尽梅花，难寄相思。

【注释】

〔1〕陈君衡：名允平，一字衡仲，号西麓。宋亡后，应元王朝征召至大都。有词集《日湖渔唱》。

〔2〕朝天：朝见天子。

〔3〕茸帽：皮帽。

〔4〕投老：垂老。

【赏析】

这是一首送别词。友人陈允平应召入元做官，临别之际，作者赋词送行。据王行《题周草窗画像》载，周密“以无所责守而志节不屈著称”，对陈允

平此行自然难以苟同，故词中所表达的慰情极为复杂。上片从送别场景的描写开始，又以拟想之辞写友人在秦关汴水经行地如何纵情游乐，换头承上，至“投老”句，念及自身，但仍从双方着眼，末结以折梅寄相思之情。俞陛云《唐五代两宋词选释》云：“下阕但赋离情，于陈君衡出处，不加褒贬之词，仅言江南投老，见两人穷达殊途，新朝有振鹭之歌，而故国无归鸿之信，意在言外也。”全词虚实结合，言辞委婉，沉挚感人。

酹江月

和邓光荐

文天祥

乾坤能大[1]，算蛟龙[2]、元不是池中物。风雨牢愁无著处[3]，那更寒虫四壁[4]。横槊题诗[5]，登楼作赋[6]，万事空中雪。江流如此，方来还有英杰。

堪笑一叶漂零，重来淮水，正凉风新发。

镜里朱颜都变尽，只有丹心难灭。去去龙沙[7]，江山回首[8]，一线青如发。故人应念，杜鹃枝上残月。

【注释】

〔1〕能大：这样大，如许大。

〔2〕蛟龙：喻豪杰。

〔3〕牢愁：忧愁。

〔4〕那更：犹云况更、兼之。“那”字无意义。

〔5〕槊：长矛。

〔6〕登楼作赋：谓王粲登当阳城楼作《登楼赋》，以抒怀乡之情。

〔7〕龙沙：泛指塞外沙漠之地。

〔8〕“江山回首”二句：语本苏轼《澄迈驿通潮阁》：“杳杳天低鹘没处，青山一发是中原。”

【赏析】

这是一首和词，上片抒发壮志未酬的感慨，寄希望于来者；下片表明视死如归的爱国丹心，并抒发沉痛的亡国之恨。

贺新郎

兵后寓吴[1]

蒋捷

深阁帘垂绣。记家人、软语灯边，笑涡红透。万叠城头哀怨角，吹落霜花满袖。影厮伴、东奔西走。望断乡关知何处？羡寒鸦、到著黄昏后。一点点，归杨柳。　相看只有山如旧。叹浮云、本是无心，也成苍狗[2]。明日枯荷包冷饭，又过前头小阜。趁未发、且尝村酒。醉探枵囊毛锥在[3]，问邻翁、要写牛经否[4]。翁不应，但摇手。

【注释】

〔1〕兵后寓吴：1276年元兵占领南宋京城临安，此后蒋捷便飘泊在东南一带，本词是他流离苏州时所写。

〔2〕“叹浮云”三句：感叹亡国后时事起了根本的变化。杜甫《可叹》诗：“天上浮云如白衣，斯须改变如苍狗。”

〔3〕枵（xiāo）囊：空无一文的袋子。毛锥：毛笔。

〔4〕写《牛经》：代人抄写《牛经》，想混一点生活的意思。《牛经》，有关牛的知识的书。

【赏析】

这是一首流浪者的哀歌，也是作者的自叙，宋元易代，战火遍地，作者和广大百姓一样，失掉了家庭的幸福和温暖，东奔西走，四处飘泊，过着孤苦无依的生活。词中的场景和情调，跨度极大，紧扣“兵后”二字，极抒丧乱之悲。上片“深阁帘”三句，写尽家人团聚的欢乐温馨，衬托出“城头哀角”的悲凉和“影厮伴、东奔西走”的流离之苦。“望乡关”三句，以寒鸦归棲杨柳衬出流浪者难觅乡关之悲哀。

过片“相看只有山如旧”三句，淡淡地，却又是极惨痛地道出了国破家亡，江山易主的沧桑之感。世事变化之大，使人无法预料，正如天上的浮云，明明像姑娘们身上穿着的白色衣服，忽然又变成了凶恶模样的黑狗。这种种强烈的反差形成了鲜明的对比，多层次多角度地烘托出沧桑变迁的沉痛。接着，他叙述自己流落荒村的困顿：荷叶包饭，村酒浇愁，空无一钱，卖艺糊口。战乱后的文士潦倒狼狈，令人可悲可怜可叹；令人再次嗟叹的是，即使卖艺，也卖不出去，“翁不应，但摇手”，尤为令人辛酸。词人拒绝做官，不要富贵，流为贫贱，甘心飘泊，不肯屈节出仕异族统治者的气节和

品格，于悲凉的沧桑感中，又透出民族的骨气和傲气。

竹山词兼有豪放、婉约之长，本词即是一例，既有挥洒豪放，又有细致周密。

满江红

秋日经信陵君祠〔1〕

陈维崧

席帽聊萧〔2〕，偶经过、信陵祠下。正满目、荒台败叶，东京客舍〔3〕。九月惊风将落帽〔4〕，半廊细雨时飘瓦。柏初红〔5〕，偏向坏墙边，离披打。　今古事，堪悲诧。身世恨，从牵惹。倘君而尚在，定怜余也。我讵不如毛薛辈〔6〕，君宁甘与原尝亚〔7〕？叹侯嬴、老泪苦无多〔8〕，如铅泻。

【注释】

〔1〕信陵君祠：在河南开封。信陵君：战国时魏昭王少子，名无忌，礼贤下士，为当时四公子之一。

〔2〕席帽：宋吴处厚《青箱杂记》载：宋初士子皆曳袍重戴，出则席帽自随。李巽累举不第，乡人曰："李秀才应举，空去空回，不知席帽甚时得离？"后巽及第，遗乡人诗："如今席帽已离身。"

〔3〕东京：今河南开封，战国时魏国都城。

〔4〕九月惊风将落帽：《晋书·孟嘉传》载："九月九日，（桓）温宴龙山，僚佐毕集。时佐吏并著戎服。有风至，吹嘉帽堕落，嘉不之觉。"

〔5〕桕（jiù）：乌桕树，种子红色，远望似梅花。

〔6〕毛薛：毛公、薛公，皆赵国人，毛公隐于博徒，薛公隐于卖浆家，信陵君与之交。

〔7〕原尝：指赵公子平原君、齐公子孟尝君，皆为当时四公子之一。

〔8〕侯嬴：魏都守门人，得信陵君厚遇，为信陵君谋救赵国。

【赏析】

词人四十四岁时赴京求仕，失意而归，客居中州，经信陵君祠，有感而发，遂赋此词。史称信陵君侠义好客，喜接岩穴隐者。作者以才识壮志自负，不得见用于世，遂发出世无信陵之叹。虽云吊古，实则感时不遇。愤世嫉俗之情溢于言表，亦寓有家国之恨。此词慷慨悲壮，颇有稼轩词风。清陈廷焯《白雨斋词话》卷三评此词下片说："慨当以慷，不嫌自负。如此吊古，可谓神交冥漠。"

高 阳 台

和嶰筠前辈韵[1]

林则徐

玉粟收余[2]，金丝种后[3]，蕃航别有蛮烟[4]。双管横陈，何人对拥无眠。不知呼吸成滋味，爱挑灯、夜永如年。最堪怜，是一泥丸，捐万缗钱[5]。

春雷欻破零丁穴[6]，笑蜃楼气尽[7]，无复灰然。沙角台高[8]，乱帆收向天边。浮槎漫许陪霓节[9]，看澄波、似镜长圆。更应传，绝岛重洋，取次回舷[10]。

【注释】

〔1〕嶰（xiè）筠：邓廷桢，号嶰筠。

〔2〕玉粟：作者自注，“罂粟，一名苍玉粟”，为制鸦片的原料。

〔3〕金丝：作者自注：“吕宋烟草曰金丝醺。”

〔4〕蕃航：英国船。蛮烟：英国贩卖的鸦片。

〔5〕万缗钱：即万贯钱，极言其多。缗（mín），量词，用于成串的铜钱，每串一千文。

〔6〕欻（xū）：忽然。零丁穴：即零丁洋。

〔7〕蜃（shèn）楼：《史记》：“海旁蜃气象楼台，广野气成宫阙。”

〔8〕沙角：广东东莞县虎门海口外一山名。

〔9〕霓节：古代使臣所持符节，用以表示信用。

〔10〕取次回舷：依次返航。舷代船。

【赏析】

本词写禁烟运动。上片痛陈英国贩卖鸦片给中国人民造成的危害。英国人在印度种植罂粟，制造鸦片，运到中国，中国人染上毒瘾，摆起了烟枪、烟灯，沉溺到鸦片中，不分白天黑夜地吸了起来。令人可叹的是，人们不惜重金，为了一个泥丸似的烟头，就舍弃了万贯的银钱。短短的几句话，概括了英帝国主义处心积虑地用鸦片毒害我国人民，造成国民羸弱、国力空虚的严重危害，语极沉痛。

下片写禁烟战后，海面风平浪静。禁烟的诏令如一声春雷，打破了零丁洋的沉寂，可笑那些海上来客发财的美梦如海市蜃楼，顿时烟消云散。他们气数已尽，不可能死灰复燃。现在人们高兴地看到那沙头角炮台高耸，运鸦片的敌舰向天边逃去。用一“笑”字，表现了作者谈笑破敌的豪壮风采和蔑视敌寇、大义凛然的英雄气概。雄健苍劲、豪气干云。同时又用“收向天边”写出英舰仓皇溃逃的狼狈情景。最后即事抒怀，慷慨陈词，他认为，只要保住海防，就可以使我国沿海保持一片“似镜长圆”的澄波，不必派使臣远渡重洋去和英国谈判，并告诫人们不可掉以轻心，要严阵以待来犯之敌。表现了他的雄才大略。

林则徐是中国高举反帝国主义旗帜的第一人，他痛感鸦片流毒中华，造成民穷兵弱银涸的严重后果。奉旨禁毒之后，成绩卓著。本词表现了禁烟取得胜利之后，他对这一爱国壮举所充满的自豪和欢欣鼓舞之情。

台 城 路

赋秣陵卧钟[1]，在城北鸡笼山之麓[2]，其重万钧，不知何代物也。

龚自珍

山陬法物千年在，牧儿叩之声死。谁信当年，楗锤一发[3]，吼彻山河大地。幽光灵气，肯伺候梳妆，景阳宫里[4]？怕阅兴亡，何如移向草间置？　　漫漫评尽今古，便汉家长乐[5]，难寄身世。也称人间，帝王宫殿，也称斜阳萧寺[6]。鲸鱼逝矣[7]。竟一卧东南，万牛难起。笑煞铜仙，泪痕辞灞水[8]。

【注释】

〔1〕秣陵：今江苏南京。卧钟：今在南京鼓楼东北大钟亭内。

〔2〕鸡笼山：即鸡鸣山，在南京城北，有鸡鸣寺。

〔3〕楗锤：即犍槌。

〔4〕“肯伺候”二句：《南齐书·武穆裴皇后传》：“上（萧赜）数游幸诸苑囿，载宫人从后车。宫内深隐，不闻端门鼓漏，置钟于景阳楼上。宫人闻钟声，早起装饰。”

〔5〕长乐：秦汉宫名。

〔6〕萧寺：李肇《国史补》载：梁武帝造寺，令萧子云飞白大书“萧寺”。

〔7〕鲸鱼：撞钟之杵。

〔8〕“笑煞”二句：李贺《金铜仙人辞汉歌》序云：“魏明帝青龙元年八月，诏宫官牵车西取汉孝武捧露盘仙人，欲立置前殿。宫官既拆盘，仙人临载，乃潸然泪下。”

【赏析】

此词借卧钟这一庞然大物寄寓感慨，是咏物词中别有寄托者，咏物而不滞于物。写钟，即是自写，亦钟亦人。钟是一种象征，“楗锤一发，吼彻山河大地”，振聋发聩，是召唤九州生气的风雷。不肯伺候梳妆于景阳宫里，目无皇帝，有气骨。“一卧东南，万牛难起”，是词人为自己退隐东南，不能起来担负整顿乾坤的重任而自伤。末尾对铜仙坠泪中的王朝兴亡报以一笑，是含泪的笑，深沉凝重，亦见骨力。全词表露出强烈的忧患意识，有现实感，风格沉郁而不失豪放。词作于作者逝世前一年，尚能有如此笔力，尤为难得。

满　江　红

秋　瑾

小住京华[1]，早又是、中秋佳节。为篱下，黄花开遍，秋容如拭[2]。四面歌残终破楚[3]，八年风味徒思浙[4]。苦将侬、强派作蛾眉[5]，殊未屑[6]。　身不得，男儿列。心却比，男儿烈。算平生肝胆，因人常热。俗子胸襟谁识我？英雄末路当磨折。莽红尘、何处觅知音？青衫湿。

【注释】

〔1〕小住京华：光绪二十七年（1901），王廷钧捐官户部主事，秋瑾亦随夫自湘潭迁居北京。本词作于两年后的秋天，故说“小住”。

〔2〕秋容如拭：意谓秋季天空晴朗明净。

〔3〕“四面”句：以楚霸王项羽兵败垓下来比喻

庚子年八国联军攻破北京时的清政权。

〔4〕“八年”句：秋瑾于二十岁出嫁，到迁居京师恰为八年。婚后两人感情不睦，秋瑾十分想念家乡。

〔5〕蛾眉：这里代指女子。

〔6〕未屑：不屑，不重视。

【赏析】

上片即景抒情，感叹身世。篱下菊花使秋天显得单调萧条，亦如作者之心情，郁闷寡欢，忧思重重。下片抒写其身为女子的豪气与胸襟，坦率地表达了她的追求，字字金石，掷地有声。“算平生”二句，表明她是一个满腔热血的女中豪杰。作为女子，她有忧虑，深感自古英雄豪杰大多末路艰难，由此，她发出深沉的感叹：滚滚红尘之中，谁是我的知音呢？全词以景衬情，情景相融，波澜起伏，跌宕有致。心绪激荡却毫无曲折，豪壮之气一气流贯，声情激越奔放而昂扬向上，真挚而浓郁的爱国情感动人心魄。

鹧鸪天

秋瑾

祖国沉沦感不禁，闲来海外觅知音[1]。金瓯已缺总须补[2]，为国牺牲敢惜身？　嗟险阻，叹飘零，关山万里作雄行。休言女

子非英物，夜夜龙泉壁上鸣[3]！

【注释】

〔1〕海外：指日本。1904年秋瑾东渡日本留学。

〔2〕金瓯：本为盛酒器皿，此处借喻国土。

〔3〕龙泉：宝剑名。晋王嘉《拾遗记》中有颛顼帝之剑常于匣中作龙虎吟之说。

【赏析】

1904年春夏之交，秋瑾东渡日本留学。这首词大约作于抵日后不久。其主旨在表现作者为国献身的壮志豪情。上片以忧国之情为发端，以报国之志为前结。开篇两句，抒发自己因祖国沦为列强殖民地而无法忍受的悲愤心情，因此才到“海外”寻求救国之真理。下片明示自己虽为女子但不畏险阻、寻求救国之路的豪情壮志。一个“雄”字，突出了她的凌云壮志和斗争热情。最后两句向世俗社会对女子的陈腐观念提出挑战，再次抒发了时刻准备用鲜血实践“为国牺牲敢惜身”的誓言。以诗、文入词，直叙其事，直抒其情，气象恢宏。

经典国学口袋书

01 周易
02 道德经
03 庄子
04 论语
05 孟子
06 大学·中庸
07 孙子兵法
08 三十六计
09 百战奇略
10 六韬·三略
11 山海经
12 左传
13 战国策
14 史记·本纪
15 史记·世家
16 史记·列传
17 汉书
18 后汉书
19 三国志
20 吕氏春秋
21 资治通鉴
22 中国通史
23 中华上下五千年
24 贞观政要
25 中国古代文化常识
26 中国古代名言警句
27 徐霞客游记
28 容斋随笔
29 金刚经
30 忍经·劝忍百箴
31 忠经·孝经
32 智囊
33 梦溪笔谈
34 本草纲目
35 黄帝内经
36 菜根谭
37 小窗幽记
38 颜氏家训
39 围炉夜话
40 曾国藩家书
41 诗经
42 楚辞
43 古诗
44 唐诗三百首
45 宋词三百首
46 元曲三百首
47 千家诗
48 豪放词
49 婉约词
50 世说新语
51 笑林广记
52 古文观止
53 唐宋八大家散文
54 诸子百家名句赏析
55 四书五经名句赏析
56 二十五史名句赏析
57 古代散文名句赏析
58 古代诗词名句赏析
59 红楼梦诗词名句赏析
60 阅微草堂笔记
61 闲情偶寄
62 三字经·百家姓
63 幼学琼林
64 声律启蒙·弟子规
65 千字文·增广贤文
66 对联
67 俗语
68 谚语
69 歇后语
70 格言联璧
71 中华寓言故事
72 中华典故故事
73 中华成语故事
74 中国十大喜剧故事
75 中国十大悲剧故事
76 中国皇帝传
77 中国皇后传
78 中国宰相传
79 中国将帅传
80 白话聊斋

三 秦 出 版 社

地处周秦汉唐千年古都西安的三秦出版社，建社30多年来始终以弘扬和传播优秀传统文化为己任，依托三秦大地无比丰厚的历史文化积淀，出版了大批特色鲜明、极具文化传承价值的精品图书，创造了良好的社会效益和经济效益。为顺应构建全民阅读时代、建设书香社会的需求，我社经充分调研策划，从浩如烟海的国学宝库中精心遴选，编辑出版了“中华经典国学口袋书”系列丛书，包含经史子集、诗词曲赋、笔记信札、经典名句等80部精品佳作，内容精粹，外观精美，便于携带，定会为您居家出行增添颇多书香雅趣。

48－7 【题竹图】轴 局部 ［明］ 杜堇 故宫博物院藏

48－7　【题竹图】轴 局部［明］杜堇　故宫博物院藏

古代诗词名句赏析

陈元龙　常新·编著

陕西新华出版传媒集团
三秦出版社